Spätestens seit Marcel Prousts *Auf der Suche nach der verlorenen Zeit* wissen wir, daß die wahren Paradiese die verlorenen sind. In Prousts siebenbändigem Roman finden sich ebenso treffende wie einfühlsame Bemerkungen über das Vergehen der Zeit, die Würde der Krankheit oder das Glück des Lesens. Die Beschäftigung mit Prousts Werk kann sich als ein wahrer Segen für gestreßte Leser erweisen: Dem Zivilisationsmüden spendet sie Ruhe und Weisheit, dem Leidenden Trost und Ermutigung, und allen Lesern gewährt sie tiefe Einblicke in die verborgenen Motive menschlichen Handelns.

Reiner Speck hat aus der Frankfurter Ausgabe von Prousts *Auf der Suche nach der verlorenen Zeit* die schönsten Passagen zusammengestellt und mit einem Nachwort versehen. Diese Sammlung von Miniaturen voller Melancholie und Esprit zeigt einmal mehr, daß der wohl bedeutendste französische Schriftsteller des 20. Jahrhunderts auch ein großer Psychologe war.

Marcel Proust, geboren am 10. Juli 1871 in Auteuil bei Paris, ist am 18. November 1922 in Paris gestorben. Sein Werk erscheint im Suhrkamp Verlag.

insel taschenbuch 2866
Proust für Gestreßte

Proust für Gestreßte

Ausgewählt von Reiner Speck

Insel Verlag

Der Text folgt der Frankfurter Ausgabe der Werke Prousts,
herausgegeben von Luzius Keller,
Suhrkamp Verlag Frankfurt am Main 1988-2002.
Umschlagabbildung: Angelika Dacqmine, Paris

insel taschenbuch 2866
Erste Auflage 2002
Originalausgabe

Hinweise zu dieser Ausgabe am Schluß des Bandes
Vertrieb durch den Suhrkamp Taschenbuch Verlag
Umschlag nach Entwürfen von Willy Fleckhaus
Satz: Hümmer GmbH, Waldbüttelbrunn
Druck: Memminger MedienCentrum AG
Printed in Germany

1 2 3 4 5 6 – 07 06 05 04 03 02

Inhalt

Schreiben und Lesen

Gewiß möchte man, wenn man in ein Werk verliebt ist, etwas ganz Gleiches schaffen, doch man muß seine Augenblicksliebe opfern und nicht an seine Neigung, sondern an eine Wahrheit denken, die nicht nach unseren Vorlieben fragt, sondern uns vielmehr daran zu denken verbietet.

Die wiedergefundene Zeit, S. 521

So finden wir zuweilen, wenn wir das neue Meisterwerk eines genialen Menschen lesen, mit Vergnügen alle diejenigen unserer Überlegungen darin wieder, die wir verachtet hatten, Regungen der Heiterkeit und der Trauer, die wir uns zu äußern enthielten, eine ganze Welt von Gefühlen, die wir selbst verschmäht haben, deren Wert uns jedoch das Buch, in dem wir sie wiederfinden, plötzlich erkennen läßt.

Die Gefangene, S. 415

Ein Bild, das uns das Leben darbot, trug uns in Wirklichkeit in dem betreffenden Augenblick vielfältige und verschiedene Empfindungen zu. Wenn wir zum Beispiel den Einband eines Buches sehen, das wir schon gelesen haben, so weben sich unter die Druckbuchstaben des Titels die Mondstrahlen einer entlegenen Sommernacht.

Die wiedergefundene Zeit, S. 291

Wenn uns aber der Romanschriftsteller erst einmal in diesen Zustand versetzt hat, in dem wie bei allen rein innerlichen Vorgängen jedes Gefühl verzehnfacht ist und in dem sein Buch uns nach Art eines Traums bewegt, eines Traums jedoch, der klarer ist als unsere Träume im Schlaf und auch in unserem Gedächtnis besser haften bleibt, dann entfesselt er in uns während einer Stunde alle nur möglichen Gefühle von Glück und Unglück, wofür wir im Leben Jahre brauchen würden, um nur einige wenige kennenzulernen, und von denen uns die intensivsten nie offenbart würden, weil sie sich mit einer Langsamkeit vollziehen, die es uns unmöglich macht, sie wahrzunehmen; (so wandelt sich unser Herz im Leben, und das ist der schlimmste Schmerz; doch wir erfahren ihn nur beim Lesen, in der Phantasie; in der Wirklichkeit wandelt es sich, wie gewisse Naturphänomene sich vollziehen, genügend langsam, daß wir zwar nacheinander jede seiner verschiedenen Phasen feststellen können, uns das eigentliche Bewußtsein des Wandels aber erspart bleibt).

Unterwegs zu Swann, S. 126 f.

Das Interesse an der Lektüre, die so magisch wirkte wie ein tiefer Schlaf, hatte meine halluzinierten Ohren abgelenkt und den goldenen Glockenton auf der azurnen Fläche des Schweigens einfach ausgelöscht. Schöne Sonntagnachmittage unter dem Kastanienbaum im Garten von Combray, aus denen ich für meinen Gebrauch so sorgfältig alle mittelmäßigen Züge meiner persönlichen Existenz herausgenommen und durch ein Leben reich an Abenteuern und voll merkwürdiger Unternehmungen inmitten einer von lebendigen Wassern durchströmten Landschaft ersetzt hatte, ihr macht noch einmal diese Vergangenheit lebendig für mich, wenn ich an euch denke, und ihr enthaltet sie ja auch wirklich, da ihr sie – während ich in meiner Lektüre fortfuhr und die Hitze des Tages langsam ermattete – nach und nach umfaßt und in das ständig fortschreitende, langsam sich wandelnde, laubdurchzitterte Kristall eurer schweigenden, klingenden, duftenden, durchscheinenden Stunden eingeschlossen habt.

Unterwegs zu Swann, S. 130

Wäre ich weniger entschlossen gewesen, mich endgültig an die Arbeit zu machen, hätte ich vielleicht einen Versuch unternommen, gleich damit anzufangen. Da aber mein Entschluß in aller Form gefaßt war und noch vor Ablauf von vierundzwanzig Stunden im leeren Rahmen des morgigen Tages – wo sich für alles, da ich mich ja noch nicht darin befand, Platz finden ließ – meine guten Vorsätze sich leichthin verwirklichen würden, war es besser, nicht einen Abend, an dem ich schlecht aufgelegt war, für den Beginn zu wählen, dem die folgenden Tage sich jedoch leider ebenfalls nicht günstiger zeigen sollten. Doch ich riet mir selbst zur Vernunft. Von dem, der Jahre gewartet hatte, wäre es kindisch gewesen, wenn er nicht noch einen Aufschub von drei Tagen ertrüge. In der Gewißheit, daß ich am übernächsten Tag bereits ein paar Seiten geschrieben haben würde, sagte ich meinen Eltern nichts mehr von meinem Entschluß; ich wollte mich lieber noch ein paar Stunden gedulden und dann meiner getrösteten und überzeugten Großmutter das im Entstehen begriffene Werk vorweisen. Unglücklicherweise war der folgende Tag auch nicht der weit offen vor mir liegende Zeitraum, den ich fieberhaft erwartet hatte. War er zu Ende gegangen, hatten meine Trägheit und mein mühevoller Kampf gegen gewisse innere Widerstände nur vierundzwanzig Stunden länger gedauert.

Im Schatten junger Mädchenblüte, S. 220

Nicht nur Kinder, sondern auch Dichter werden mit Schlägen erzogen.

Die wiedergefundene Zeit, S. 205

Wie in dem Augenblick, in dem ich die Madeleine gekostet hatte, waren alle Sorgen um meine Zukunft, alle Zweifel meines Verstandes zerstreut. Die Bedenken, die mich eben noch wegen der Realität meiner literarischen Begabung, ja der Literatur selbst befallen hatten, waren wie durch Zauberschlag behoben.

Die wiedergefundene Zeit, S. 258

Wieviel betrübender noch als zuvor schien es mir seit jenem Tag auf meinen Spaziergängen in die Gegend von Guermantes, daß ich keine Begabung fürs Schreiben besaß und darauf verzichten mußte, je ein berühmter Schriftsteller zu werden. Das Bedauern, das ich darüber empfand, während ich allein und abseits träumte, machte mich so niedergeschlagen, daß mein Geist, damit ich es weniger fühlte, von sich aus in einer Art von Zurückweichen vor dem Schmerz ganz und gar vermied, bei dem Gedanken an Verse, Romane oder an eine Dichterzukunft zu verweilen, mit denen ich offensichtlich aus Mangel an Talent nicht würde rechnen können. So nun, völlig außerhalb von jeder literarischen Absicht und ohne einen Gedanken daran, fühlte ich manchmal meine Aufmerksamkeit plötzlich gefangen von einem Dach, einem Sonnenreflex auf einem Stein, dem Geruch eines Weges, und zwar gewährten sie mir dabei ein spezielles Vergnügen, das wohl daher kam, daß sie aussahen, als hielten sie hinter dem, was ich sah, noch anderes verborgen, das sie mich zu suchen aufforderten und das ich trotz aller Bemühungen nicht zu entdecken vermochte. Da ich genau fühlte, daß es in ihnen war, blieb ich unbeweglich stehen, um sie anzuschauen, einzuatmen, um den Versuch zu machen, mit meinem Denken über das Bild oder über den Duft noch hinauszugelangen. Wenn ich dann meinen Großvater einholen und meinen Weg fortsetzen mußte, suchte ich sie wiederzufinden, indem ich meine Augen schloß; ich konzentrierte mich völlig darauf, genau die Linie des Daches, den exakten Farbton des Steines wiederzufinden, die, ohne daß ich begreifen konnte warum, mir mit etwas angefüllt schienen und bereit, sich zu öffnen, um mir auszuliefern, wovon sie selbst nur die Hülle waren. Gewiß waren es nicht Eindrücke dieser Art, die mir die verlorene Hoffnung wiedergeben konnten, eines Tages Schriftsteller und Dichter zu werden, denn sie waren immer an einen bestimmten Gegenstand ohne allen geistigen

Gehalt und ohne Beziehung zu einer abstrakten Wahrheit geknüpft. Doch sie vermittelten mir wenigstens ein vernunftmäßig nicht erklärbares Vergnügen, die Illusion von einer Art Fruchtbarkeit, und lenkten mich dadurch von meinem Kummer, jenem Gefühl der Ohnmacht ab, von dem ich immer befallen worden war, wenn ich nach einem philosophischen Gegenstand für ein großes literarisches Werk gesucht hatte.

Unterwegs zu Swann, S. 260 f.

Nur war eine der Voraussetzungen meines Werks, wie ich es soeben in der Bibliothek entworfen hatte, die Vertiefung von Eindrücken, die es galt, mit dem Gedächtnis zu erneuern. Dieses aber war verbraucht.

Die wiedergefundene Zeit, S. 508

Doch gerade in dem Augenblick, in dem alles verloren scheint, erreicht uns zuweilen das Zeichen, das uns retten kann: Man hat an alle Pforten geklopft, die nirgendwohin führen, an die einzige aber, durch die man eintreten kann und die man hundert Jahre lang vergeblich gesucht hätte, pocht man, ohne es zu wissen, und da öffnet sie sich.

Die wiedergefundene Zeit, S. 257

Die Lektüre jener Seiten Goncourts ließ mich diese Disposition bedauern. Vielleicht hätte ich nämlich aus ihnen schließen können, daß das Leben einen lehrt, den Wert der Lektüre geringer zu veranschlagen, und uns zeigt, da das, was der Schriftsteller uns rühmt, eigentlich nicht vie taugte; doch ich konnte genausogut daraus schließen, daß die Lektüre uns im Gegenteil lehrt, den Wert des Lebens höher anzusetzen, den Wert, den wir nicht zu erkennen wußten und über dessen Größe erst das Buch uns die Augen geöffnet hat.

Die wiedergefundene Zeit, S. 40

Die Klassen des Geistes nehmen keine Rücksicht auf die Geburt.

Die wiedergefundene Zeit, S. 59

Endlich hatte diese Idee vom Wesen der Zeit auch noch den Wert für mich, ein Ansporn zu sein; sie sagte mir, es sei jetzt an der Zeit zu beginnen, wenn ich erreichen wollte, was ich manchmal im Lauf meines Lebens in kurzen blitzartigen Erhellungen auf dem Weg nach Guermantes oder auf meinen Wagenfahrten mit Madame de Villeparisis gespürt und woraufhin ich das Leben als lebenswert erachtet hatte. Wieviel mehr erschien es mir jetzt so, da ich meinte, daß dieses Leben, das man im Dunkel lebt, aufgehellt und zur Wahrheit dessen, was es war, zurückgeführt, daß dieses Leben, das man unaufhörlich fälscht, in einem Buch verwirklicht werden könnte! Wie glücklich würde der sein, dachte ich, der ein solches Buch zu schreiben vermöchte, doch welche Arbeit liegt auch vor ihm! Um davon eine Vorstellung zu geben, müßte man Vergleiche aus den höchsten und verschiedenartigsten Künsten entnehmen; denn dieser Schriftsteller, der außerdem bei der Gestaltung jedes Charakters, um ihn plastisch darzustellen, die entgegengesetzten Seiten aufzuzeigen hätte, müßte sein Buch sorgfältig unter unaufhörlicher Umgruppierung der Kräfte wie eine Offensive vorbereiten, es ertragen wie die Qual der Ermüdung, wie eine Ordensregel auf sich nehmen und wie eine Kirche erbauen, ihm folgen wie einer ärztlichen Weisung, es überwinden wie ein Hindernis, erobern wie eine Freundschaft, hegen und pflegen wie ein Kind, es schaffen wie eine Welt, ohne jene Geheimnisse außer acht zu lassen, die ihre Erklärung wahrscheinlich nur in anderen Welten finden, deren erahntes Sein jedoch das ist, was uns im Leben und in der Kunst am tiefsten zu bewegen vermag.

Die wiedergefundene Zeit, S. 504f.

Zweifellos würden auch meine Bücher wie ein Wesen aus Fleisch und Blut schließlich eines Tages vergehen. Doch man muß sich eben abfinden mit dem Tod. Man nimmt die Vorstellung hin, daß in zehn Jahren man selbst nicht mehr ist und in hundert Jahren die Bücher nicht mehr existieren. Ewige Dauer ist den Werken so wenig wie den Menschen verheißen.

Die wiedergefundene Zeit, S. 521

Schlafen und Wachen

Wird ein Mensch, der jeden Abend schwer in sein Bett sinkt und bis zu dem Augenblick des Erwachens und Aufstehens gleichsam nicht mehr lebt, jemals daran denken, wenn schon keine großen Entdeckungen, so doch wenigstens kleine Beobachtungen über den Schlaf anzustellen? Er weiß ja kaum, ob er schläft. Ein geringes Maß an Schlaflosigkeit ist nicht ohne Nutzen dafür, den Schlaf richtig schätzen zu lernen, sein Dunkel ein wenig aufzuhellen. Ein lückenloses Gedächtnis ist kein sehr mächtiger Impuls, um die Phänomene des Gedächtnisses zu studieren.

Sodom und Gomorrha, S. 81

Es ist nämlich falsch zu glauben, daß die Stufenleiter der Ängste derjenigen der Gefahren entspricht, durch die jene hervorgerufen werden. Man kann fürchten, nicht einzuschlafen, weit weniger Angst aber vor einem ernsthaften Duell verspüren, vor einer Ratte wiederum mehr als vor einem Löwen.

Die wiedergefundene Zeit, S. 209 f.

Lange Zeit bin ich früh schlafen gegangen. Manchmal, die Kerze war kaum gelöscht, fielen mir die Augen so rasch zu, daß kaum Zeit blieb, mir zu sagen: Ich schlafe ein. Und eine halbe Stunde später weckte mich der Gedanke, daß es Zeit sei, den Schlaf zu suchen; ich wollte das Buch fortlegen, das ich noch in Händen zu halten wähnte, und das Licht ausblasen; im Schlaf hatte ich weiter über das eben Gelesene nachgedacht, dieses Nachdenken aber hatte eine eigentümliche Wendung genommen: mir war, als sei ich selbst es, wovon das Buch sprach.

Unterwegs zu Swann, S. 7

Bald gewann ich mein Sehvermögen zurück und war höchst erstaunt, um mich her eine Dunkelheit vorzufinden, die für meine Augen, aber mehr noch vielleicht für meinen Geist angenehm und erholsam war, dem sie wie etwas Grundloses, Unbegreifliches, wie etwas wahrhaft Dunkles erschien. Ich fragte mich, wie spät es wohl sei, ich hörte das Pfeifen der Züge, das bald nah, bald fern wie der Gesang eines Vogels im Wald die Entfernungen deutlich machte und mir die Weite des öden Landes beschrieb, wo der Reisende der nächsten Station entgegeneilt; und der schmale Weg, dem er folgt, wird sich seinem Gedächtnis einprägen durch die Erregung, die er neuen Orten verdankt, ungewohnten Handlungen, dem eben stattgefundenen Gespräch und dem Abschied unter der fremden Lampe, der ihm in der Stille der Nacht noch nachgeht, dem bevorstehenden Glück der Heimkehr.

Unterwegs zu Swann, S. 7 f.

Wie Eva aus einer Rippe Adams, so entstand manchmal, während ich schlief, aus einer falschen Lage meiner Schenkel eine Frau. Sie war ein Gebilde der Lust, die in mir hochstieg, doch stellte ich mir vor, diese Lust würde mir von ihr geschenkt. Mein Körper, der in dem ihren meine eigene Wärme spürte, wollte sich damit vereinen, ich wachte auf. Die übrige Menschheit erschien mir weit in die Ferne gerückt im Vergleich zu dieser Frau, die ich vor Sekunden erst verlassen hatte; meine Wange glühte noch von ihrem Kuß, mein Körper war wie zerschlagen von der Last ihrer Gestalt. Wenn sie, wie es bisweilen vorkam, die Züge einer Frau trug, die ich im Leben getroffen hatte, gab ich mich ganz dem einen Ziel hin: sie wiederzufinden, wie jene, die sich auf eine Reise begeben, um mit eigenen Augen die Stadt ihrer Sehnsucht zu schauen und sich einbilden, man könne irgendwo in der Wirklichkeit den Zauber des Traums erleben. Allmählich verblaßte die Erinnerung an sie, ich hatte das Geschöpf meines Traums vergessen.

Unterwegs zu Swann, S. 9

Im Schlaf versammelt der Mensch um sich im Kreise den Lauf der Stunden, die Ordnung der Jahre und der Welten. Er zieht sie instinktiv zu Rate, wenn er aufwacht, und liest in einer Sekunde daraus ab, an welchem Punkt der Erde er sich befindet, wieviel Zeit bis zu seinem Erwachen verflossen ist; doch können ihre Ordnungen durcheinandergeraten, sie können zusammenbrechen. Wenn ihn beispielsweise gegen Morgen, nachdem er eine Weile schlaflos dagelegen hat, beim Lesen der Schlummer in einer ganz anderen als der normalen Schlafstellung überfällt, dann genügt das Heben eines Arms, um die Sonne in ihrem Lauf anzuhalten und rückwärts gehen zu lassen: er verliert sein Zeitgefühl, und in der ersten Minute seines Erwachens wird er meinen, er sei eben erst zu Bett gegangen. Oder wenn er in einer noch unüblicheren und ausgefalleneren Stellung einschlummert, etwa nach dem Abendessen in einem Lehnstuhl, dann ist das Durcheinander in den aus der Bahn geworfenen Welten vollkommen, der Zaubersessel trägt ihn in Windeseile durch Zeit und Raum dahin, und in dem Augenblick, da er die Lider öffnet, ist ihm, als liege er einige Monate früher in einer anderen Gegend.

Unterwegs zu Swann, S. 9 f.

Meine Gewissensbisse waren beschwichtigt, ich überließ mich ganz der Süße dieser Nacht, in der ich meine Mutter bei mir hatte. Ich wußte, daß eine solche Nacht nicht wiederkommen konnte, daß mein allergrößter Wunsch auf dieser Welt, nämlich meine Mutter während der traurigen Stunden der Dunkelheit bei mir in meinem Zimmer zu haben, allzusehr den Notwendigkeiten des Lebens und den Wünschen der anderen widersprach, als daß die ihm heute abend gewährte Erfüllung etwas anderes hätte sein können als ein Verstoß gegen die Regel oder beinahe gegen die Natur. Morgen würde ich mich wieder genauso ängstigen, und Mama würde nicht dableiben. Doch wenn meine Ängste verschwunden waren, begriff ich sie nicht mehr.

Unterwegs zu Swann, S. 64

Selbst die Beschränkungen, die für den Schlaf charakteristisch sind, spiegelten sich in dem meinen, doch in symbolischer Weise: ich konnte im Dunkeln die Gesichter meiner anwesenden Freunde nicht erkennen, denn man schläft ja mit geschlossenen Augen; ich, der ich mir im Traum unaufhörlich wortreiche Reden hielt, fühlte den Ton in meiner Kehle stocken, sobald ich mit ihnen sprechen wollte, denn man artikuliert nicht im Schlaf; ich wollte zu ihnen treten, vermochte aber die Beine nicht zu rühren, denn gehen kann man dann ebenfalls nicht; und plötzlich schämte ich mich, vor ihnen zu erscheinen, denn man schläft ja ohne Kleider. So, mit blinden Augen, versiegelten Lippen, gefesselten Beinen und nacktem Körper, hatte die Gestalt des Schlafes, die mein Schlaf selber projizierte, das Aussehen einer jener großen allegorischen Gestalten, in denen Giotto den Neid mit einer Schlange im Mund darstellt und die Swann mir geschenkt hatte.

Guermantes, S. 201

Ich war bloß das Werkzeug von Gewohnheiten, nämlich nicht zu arbeiten, nicht zu Bett zu gehen, nicht zu schlafen, die sich um jeden Preis durchsetzen mußten; wenn ich ihnen nicht widerstand, wenn ich mich mit dem Vorwand begnügte, den sie aus dem ersten besten Umstand zogen, den der betreffende Tag ihnen bot, damit sie sich nach ihrem Belieben entfalten konnten, kam ich am ehesten noch glimpflich davon – ich ruhte dennoch ein paar Stunden wenigstens gegen Morgen, ich las ein wenig und vermied größere Exzesse; wenn ich ihnen aber entgegenhandeln wollte, den Anspruch stellte, mich früh hinzulegen, nur Wasser zu trinken, zu arbeiten, so nahmen sie es übel, sie griffen zu starken Mitteln und machten mich vollends krank; ich mußte die Alkoholdosis verdoppeln, ich ging zwei Tage lang überhaupt nicht zu Bett, ich konnte nicht einmal mehr lesen, und ich nahm mir einmal mehr vor, besonnener, das heißt weniger vernünftig zu sein, wie ein Opfer, das sich ausrauben läßt aus Furcht, wenn es Widerstand leistet, ermordet zu werden.

Guermantes, S. 206

Man ist plötzlich müde, sobald man befürchtet, man könne müde sein; um die Müdigkeit aber zu überwinden, genügt es, daß man sie vergißt.

Sodom und Gomorrha, S. 157

Die große Veränderung, die das Erwachen in uns bewirkt, besteht weniger darin, daß es uns in das helle Leben des Bewußtseins hinaufführt, als daß es uns die Erinnerung an das etwas gedämpftere Licht nimmt, in dem unser Geist vorher ruhte wie auf dem opalenen Grund der Fluten. Die halb verschleierten Gedanken, auf denen wir noch eben einhergeschifft sind, haben in uns eine Bewegung erzeugt, die vollkommen ausreichte, um sie als Wachsein bezeichnen zu können. Doch das Erwachen trifft dann auf eine Interferenz des Gedächtnisses. Kurz darauf nennen wir diese Gedanken Schlaf, weil wir uns nicht mehr daran erinnern. Solange aber das strahlende Gestirn, das im Augenblick des Erwachens dem Schläfer rückblickend seinen ganzen Schlaf mit seinem Schimmer erhellt, noch leuchtet, erweckt es in ihm sekundenlang den Glauben, es habe sich nicht um Schlaf, sondern um Wachsein gehandelt; doch in Wirklichkeit ist dieses Gestirn nur eine Sternschnuppe, die mit ihrem Erlöschen die trügerische Existenz, aber auch die Erscheinungen des Traumes entführt und nur dem, der wirklich erwacht, zu sagen gestattet: »Ich habe geschlafen.«

Guermantes, S. 470

Oft kommt eine weitere Stunde Schlaf einem Schlaganfall gleich, nach dem man den Gebrauch der Glieder erst wiederfinden und das Sprechen von neuem erlernen muß. Mit dem Willen gelänge das nicht. Man hat zuviel geschlafen, man existiert nicht mehr. Das Erwachen wird nur ebenso mechanisch, ohne Bewußtsein registriert wie vielleicht das Schließen eines Hahns an einem Rohr. Es folgt ein Leben, in dem man, da es unbeseelter als das einer Qualle ist, ebensogut glauben könnte, man sei soeben den Tiefen des Meeres entrissen oder aus dem Zuchthaus zurückgekehrt, sofern man überhaupt etwas denken könnte. Da aber neigt sich vom Himmel die Göttin Mnemotechne herab und bietet uns in Form der »Gewohnheit, den Morgenkaffee zu verlangen« die Hoffnung auf eine Auferstehung dar.

Die Gefangene, S. 171

Jeden Abend nehmen wir vielleicht das Wagnis auf uns, im Schlaf Leiden durchzumachen, die wir für nichtig und unwirklich erachten, weil wir sie im Lauf eines Schlafs verspüren, dem wir kein Bewußtsein zuerkennen... Die Zeit, die für den Schläfer während eines solchen Schlafes verrinnt, ist absolut verschieden von der Zeit, in der er sein Leben als wacher Mensch verbringt. Manchmal ist ihr Lauf sehr viel rascher, eine Viertelstunde scheint dann ein Tag zu sein, manchmal auch sehr viel langsamer, denn man meint, nur einen leichten Schlummer getan zu haben, und hat dabei den ganzen Tag geschlafen. Dann fährt man mit dem Wagen des Schlafs in Tiefen hinab, in denen die Erinnerung ihn nicht mehr einzuholen vermag und an deren Pforten der Verstand den Rückzug antreten mußte. Das Gespann des Schlafs zieht wie das der Sonne in so gleichmäßigem Schritt dahin, in einer Atmosphäre, in der kein Widerstand es mehr aufzuhalten vermag, daß es eines kleinen von außen kommenden meteorischen Steinchens bedarf (welcher Unbekannte schleudert es wohl aus dem Azur herab?), um den regelmäßigen Schlaf zu treffen (der sonst keinen Grund hätte innezuhalten und im gleichen Zug bis in alle Ewigkeit andauern würde), ihn in einer jähen Kurve unter Auslassung aller Zwischenetappen zur Wirklichkeit zurückzuführen, durch dem Leben schon nahe gelegene Regionen hindurch – in denen der Schläfer bald die noch ziemlich wirren, aber bereits wahrnehmbaren, wenn auch entstellten Geräusche des Lebens hören kann –, und ihn mit unerhörter Plötzlichkeit beim Erwachen landen zu lassen. Man erwacht dann aus solchem Tiefschlaf jeweils in einem Morgengrauen, ohne zu wissen, wer man ist, da man ja niemand ist, vielmehr neu und zu allem bereit, denn das Gehirn ist entleert von jener Vergangenheit, die das dahinter zurückliegende Leben war. Schöner ist es vielleicht noch, wenn die Landung im Erwachen sich ganz schnell vollzieht und unsere Schlafgedanken, unter einem Mantel von Vergessen dem Zugriff entzogen, keine Zeit gehabt haben, schrittweise wiederzukehren, bevor der Schlaf zu Ende war.

Sodom und Gomorrha, S. 557 f.

Dann, wenn ich spürte, daß ihr Schlaf seinen höchsten Stand erreicht hatte, daß ich mich nicht mehr an Klippen des Bewußtseins stoßen würde, die jetzt von der hohen Flut des Tiefschlafes überdeckt waren, sprang ich entschlossen lautlos auf das Bett, ich streckte mich neben ihr aus, umfaßte sie mit einem Arm, drückte die Lippen auf ihre Wangen und ihr Herz und legte dann auf alle Teile ihres Körpers meine freigebliebene Hand, die nun auch wie die Perlen vom Atem Albertines leicht emporgehoben wurde; ja ich selbst wurde von ihrer rhythmischen Bewegung leise auf und nieder gewiegt: Ich hatte mich auf dem Schlummer Albertines eingeschifft. Manchmal kam ich durch ihn zu einem weniger reinen Vergnügen. Ich brauchte dazu keine Bewegung zu machen, ich ließ nur mein Bein an dem ihren entlanggleiten wie ein Ruder, das man schleppen läßt und dem man von Zeit zu Zeit eine leise Schwingung mitteilt, dem nur in Abständen wiederkehrenden Flügelschlag der Vögel gleich, die im Fliegen schlafen.

Die Gefangene, S. 98

So kennen wir im Schlaf zahlreiche Formen von Leid und Mitleid, gleich jenen »Pietà« der Renaissance, aber nicht wie diese in Marmor ausgeführt, sondern im Gegenteil inkonsistent. Sie haben gleichwohl ihren Nutzen, der darin besteht, daß sie uns an eine ergriffenere, menschlichere Sicht der Dinge erinnern, die man in der eiskalten, häufig sogar feindseligen Vernünftigkeit des Wachseins nur allzuleicht zu vergessen geneigt ist.

Die Gefangene, S. 174

Reisen und Verweilen

Am liebsten hätte ich gleich am nächsten Tag den schönen, großherzigen Einuhrzweiundzwanzig-Zug genommen, dessen Abfahrtsstunde ich auf den Plakaten der Eisenbahn und in Rundreiseangeboten nie ohne Herzklopfen lesen konnte: sie schien mir im Laufe des Nachmittags einen köstlichen Einschnitt zu schaffen, ein geheimnisvoll trennendes Mal, von dem aus zwar die von ihrer Bahn abgelenkten Stunden noch zum Abend führten oder zum Morgen des folgenden Tages, doch als Stunden nunmehr, die man anstatt in Paris in einer der Städte erleben würde, die jener Zug verbindet und die man sich aussuchen konnte; denn er hielt in Bayeux, Coutances, Vitré, Questambert, Pontorson, Balbec, Lannion, Lamballe, Benodet, Pont-Aven und in Quimperlé und setzte seinen Weg prächtig beladen mit Namen fort, die er mir alle anbot und unter denen ich nicht wußte, welchen ich vorgezogen hätte, denn ich konnte auf keinen verzichten. Doch ich hätte diesen Zug gar nicht abzuwarten brauchen, sondern, sofern meine Eltern es mir erlaubten, mich schnell ankleiden, rasch noch am gleichen Abend abreisen und schon in Balbec eintreffen können, wenn der erste Morgenschimmer über dem tobenden Meer aufginge, vor dessen weithinfliegenden Schaumspritzern ich mich dann in die Kirche im persischen Stil flüchten würde. Doch als die Osterferien näherkamen und meine Eltern mir versprachen, ich könne sie diesmal in Norditalien verbringen, waren plötzlich jene Träume von Sturm, von denen ich soeben noch ganz erfüllt gewesen war in dem Wunsch, von allen Seiten anrollende Wogen zu sehen, die immer höher an der wildesten aller Küsten hinaufleckten, und von Kirchen in nächster Nähe, die schroff und starr aufragten wie Felsgestade und in deren Türmen Meeresvögel schrieen, wie weggewischt, allen Reizes beraubt, und an ihre Stelle trat, jene anderen vollkommen ausschließend, da er ihnen so ganz entgegengesetzt war und sie nur hätte mindern können, der völlig andersgeartete Traum von einem in allen Farben schimmernden Frühling, der nicht der Frühling von Combray mit seinen noch scharfprickelnden Eisnadeln war, sondern ein Lenz, der schon die Gefilde um Fiesole mit Lilien und Anemonen überzog und Florenz vor einem Goldgrund, der dem auf den Bildern von Fra Angelico glich, schimmernd aufstrahlen ließ. Seit diesem Augenblick gab es für mich nur noch Licht, Duft und Farbe; denn die einander ablösenden Bilder hatten in mir einen Frontwechsel auch der Wünsche bewirkt und auch – ebenso unvermittelt, wie es manchmal in der Musik geschieht – einen völligen Wechsel in der Tonart meiner Gefühle.

Unterwegs zu Swann, S. 556-558

Diese Reise würde man heute gewiß im Automobil machen und dabei glauben, es sei angenehmer. Man wird sehen, daß sie auf diese Weise in gewissem Sinn sogar wahrer würde, da man aus größerer Nähe und in engerer Fühlung damit den allmählich sich vollziehenden Veränderungen folgen könnte, gemäß denen das Antlitz der Erde sich wandelt. Im Grunde aber besteht das spezifische Vergnügen einer Reise nicht darin, unterwegs aussteigen und haltmachen zu können, wenn man müde ist, sondern den Unterschied zwischen Abreise und Ankunft statt möglichst unmerklich so tiefgreifend wie irgend tunlich zu machen, ihn in seiner Ganzheit zu erfahren, wie wir ihn, noch ganz intakt, in unseren Gedanken trugen, als unsere Einbildungskraft uns von jenem Ort, an dem wir lebten, bis ins Herz jener ersehnten Stätte in einem gewaltigen Schwung trug, der uns wunderbar nicht deshalb schien, weil er eine Entfernung durchmaß, sondern gerade weil er zwei deutlich unterschiedene Individualitäten der Erde miteinander in Verbindung brachte, uns von einem Namen zu einem anderen führte, einen Unterschied, den (besser als eine Spazierfahrt, bei der es, da man inzwischen beliebig aussteigen kann, keine eigentliche Ankunft mehr gibt) das geheimnisvolle Wirken schematisch darstellt, das sich in jenen besonderen Stätten, den Bahnhöfen, vollzog, die nicht eigentlich zur Stadt gehören, jedoch die Essenz ihrer Persönlichkeit enthalten, genau wie sie auf einem Anzeigeschild ihren Namen tragen.

Im Schatten junger Mädchenblüte, S. 312

Zu diesem Zeitpunkt trat sogar meine Großmutter völlig hinter den jungen Mädchen zurück; eine Reise wäre mir verlockend erschienen, wenn sie mich an einen Ort geführt hätte, wo diese sich befinden mußten. Mit ihnen war mein Denken aufs angenehmste verhaftet, wenn ich mit anderem beschäftigt zu sein glaubte oder auch mit nichts. Wenn ich aber selbst unbewußt an sie dachte, so waren sie – noch unbewußter – für mich das blaue Auf- und Niederwogen des Meeres, die Silhouette eines Zuges vor dem Meereshintergrund. Das Meer vor allem hoffte ich wiederzufinden, wenn ich in eine Stadt ginge, wo sie wären. Selbst eine noch so ausschließliche Liebe zu einer Person ist immer Liebe zu etwas anderem.

Im Schatten junger Mädchenblüte, S. 586

Meine Großmutter verband mit unserem Aufbruch natürlich eine etwas andere Vorstellung, und immer noch ebensosehr wie früher darauf bedacht, daß die Geschenke, die ich erhielt, einen künstlerischen Wert besäßen, hatte sie, um mir von dieser Reise einen wenigstens teilweise alten »Abzug« zu bescheren, gewollt, daß wir zur einen Hälfte mit der Eisenbahn, zur anderen mit dem Wagen die Strecke zurücklegten, die der Reiseroute der Madame de Sévigné von Paris nach »L'Orient« über Chaulnes und »le Pont-Audemer« entsprach. Doch mußte meine Großmutter auf diesen Plan verzichten, da mein Vater seine Ausführung verbot; er wußte, wenn sie einen Ortswechsel in der Absicht organisierte, allen nur erdenklichen geistigen Nutzen daraus zu ziehen, mit wie vielen versäumten Zügen, verlorenen Gepäckstücken, Halsentzündungen und Geldbußen zu rechnen war.

Im Schatten junger Mädchenblüte, S. 315

Ich wünschte mir nichts sehnlicher, als das stürmische Meer zu sehen, nicht als ein schönes Schauspiel, vielmehr als eine Offenbarung des wahren Lebens der Natur; oder ich möchte lieber sagen, es gab für mich keine schönen Schauspiele außer solchen, von denen ich wußte, daß sie nicht künstlich zu meinem Vergnügen arrangiert wurden, sondern daß sie notwendig, unabwendbar waren: die Schönheiten der Landschaft oder der großen Kunst. Ich wünschte, ja begehrte nur das zu kennen, was ich für wahrer hielt, als ich selbst mir vorkam, das heißt, was in meinen Augen den Vorzug hatte, mir einen Einblick in das Denken eines großen Genius oder in die Kraft, den Zauber der Natur zu verschaffen, so wie sie sich entfaltet, wenn sie ohne menschliches Zutun ganz sich selbst überlassen ist. Ebenso wie der für sich allein vom Phonographen reproduzierte schöne Stimmklang unserer Mutter uns über ihren Verlust nicht würde trösten können, hätte mich ein mit den Mitteln der Technik nachgeahmter Sturm kaltgelassen wie die Leuchtfontänen der Weltausstellung. Ich verlangte auch, damit der Sturm absolut richtig wäre, daß das Ufer ein wirklicher Naturstrand sei und nicht ein in neuerer Zeit von Amts wegen hergestellter Deich. Übrigens erschien mir die Natur durch alle Gefühle, die sie in mir weckte, den maschinellen Erzeugnissen der Menschen vollkommen entgegengesetzt. Je weniger sie durch diese geprägt war, desto mehr Raum bot sie meinem Herzen, sich zu weiten.

Unterwegs zu Swann, S. 554 f.

Und obwohl meinem rauschhaften Zustand das Verlangen nach künstlerischen Genüssen zugrunde lag, gaben ihm die Reiseführer mehr Nahrung als Bücher über Kunst, und mehr noch als jene das Kursbuch. Was mich bewegte, war der Gedanke, daß jenes Florenz, das nah, aber unerreichbar in meiner Einbildung vor mir stand, zwar in meinem Inneren von mir durch eine Entfernung getrennt war, die sich nicht überwinden ließ, daß ich es aber mittelbar, auf einem Umweg, dennoch erreichen konnte, sofern ich den »Landweg« nahm. Gewiß, wenn ich mir, um den Dingen, die ich sehen würde, einen um so höheren Wert zu geben, wiederholte, daß Venedig »die Schule Giorgiones, die Heimat Tizians, das vollständigste Museum der Wohnbaukunst des Mittelalters« sei, fühlte ich mich glücklich. Dennoch war ich es noch mehr, wenn ich auf einem meiner Gänge, rasch dahinschreitend wegen des Wetters, das nach ein paar vorzeitig frühlingshaften Tagen noch einmal winterlich geworden war (so wie wir es gewöhnlich in Combray in der Karwoche hatten), beim Anblick der an den Boulevards stehenden Kastanienbäume, die in eisige, triefendnasse Luft getaucht dennoch als pünktliche Gäste schon im Festgewand und ungebrochenen Mutes in ihren froststarren Massiven das unaufhaltsam sprießende Grün formten und ziselierten, dessen Weiterwachsen von der keimemordenden Kraft der Kälte zwar beeinträchtigt, doch nicht verhindert werden konnte, daran dachte, daß der Ponte Vecchio nun schon mit Hyazinthen und Anemonen überschwemmt war und die Frühlingssonne die Fluten des Canal Grande bereits mit tiefem Azurblau und so edlen Smaragdtönen färbte, daß sie im Anbranden an die Malereien Tizians im Reichtum des Kolorits mit jenen wetteifern konnten.

Unterwegs zu Swann, S. 564 f.

Um zu verhindern, daß ich wegen der Reise Erstickungsanfälle bekäme, hatte mir der Arzt geraten, bei der Abfahrt eine reichliche Dosis Bier oder Kognak zu trinken, um dadurch in jenen von ihm als »euphorisch« bezeichneten Zustand zu geraten, in dem das Nervensystem vorübergehend weniger verletzlich ist. Ich war noch ungewiß, ob ich es tun würde, wollte aber wenigstens, daß meine Großmutter für den Fall, daß ich mich doch dafür entschiede, Recht und Klugheit auf meiner Seite wisse. Daher redete ich davon auch so, als bezögen sich meine Bedenken einzig auf den Ort, an dem ich mir den Alkohol zuführen würde, ob am Bahnhofsbüfett oder im Speisewagen.

Im Schatten junger Mädchenblüte, S. 321 f.

Alles in allem hatte ich wenig von Balbec gehabt, was in mir erst recht den Wunsch unterhielt, wieder hinzugehen. Es schien mir, ich hätte mich nicht lange genug dort aufgehalten. Das war nicht die Ansicht meiner Freunde, die mir schrieben und anfragten, ob ich eigentlich für immer dort bleiben wolle. Und wenn ich sah, daß es der Name Balbec war, den sie wohl oder übel auf den Briefumschlag schreiben mußten, so wie ja auch mein Fenster anstatt auf ein Feld oder eine Straße auf die Felder des Meeres ging und ich des Nachts sein Wogenrollen vernahm, dem ich vor dem Einschlafen einer Barke gleich meinen Schlaf anvertraute, lebte ich in der Illusion, dieses Zusammenleben mit der See müsse mich unbewußt mit dem Begriff ihres Zaubers durchtränken, so wie man im Schlaf seine Schulaufgaben lernt.

Im Schatten junger Mädchenblüte, S. 757

Meine Spaziergänge in jenem Herbst waren um so angenehmer, als ich sie meist nach langen, über Büchern verbrachten Stunden unternahm. Wenn ich den ganzen Morgen in der Stube gelesen hatte und schließlich müde davon war, warf ich mein Plaid um die Schultern und ging ins Freie: mein so lange zur Unbeweglichkeit verurteilter Körper, der im Ruhezustand Bewegungsdrang gespeichert und sich mit Energie aufgeladen hatte, empfand alsdann das Bedürfnis, wie ein Kreisel, der endlich aufgesetzt wird, sie nach allen Seiten zu entfalten. Die Mauern der Häuser, die Hecke von Tansonville, die Bäume des Waldes von Roussainville oder die Büsche, an die Montjouvain sich anlehnt, steckten Schirm- oder Stockschläge ein, vernahmen Freudenjauchzer, die einen wie die anderen nur verworrene Ideen, deren Überschwang mich bewegte und die nie zur ruhigen Klärung gelangten, weil sie einer langsamen, schwierigen Ermittlung das Vergnügen einer bequemeren Ableitung über einen direkten Abfluß vorzogen. So besteht der angebliche Ausdruck dessen, was wir empfunden haben, meist darin, daß wir es einfach loswerden, indem es in unklarer Form aus uns heraustritt und wir es deshalb nicht erfassen können. Wenn ich annähernd zu überblicken versuche, was ich der Gegend von Méséglise verdanke, die bescheidenen Entdeckungen betrachte, deren zufälliger Rahmen oder unerläßliche Inspirationsquelle sie gewesen ist, so erinnere ich mich, daß ich in jenem Spätjahr, auf einem meiner Spaziergänge, nahe bei dem gestrüppbewachsenen Abhang oberhalb von Montjouvain zum ersten Male betroffen war über das Mißverhältnis zwischen unseren Eindrücken und ihrem landläufigen Ausdruck.

Unterwegs zu Swann, S. 226

Ich mochte mich indessen noch so lange vor dem Weißdorn aufhalten, ihn riechen, in meinen Gedanken, die nichts damit anzufangen wußten, seinen unsichtbaren, unveränderlichen Duft mir vorstellen, ihn verlieren und wiederfinden, mich eins fühlen mit dem Rhythmus, in dem sich seine Blüten in jugendlicher Munterkeit und in Abständen, die so unerwartet waren wie gewisse musikalische Intervalle, hierhin und dorthin wendeten; sie entfalteten für mich immer nur den gleichen Reiz in unerschöpflicher Fülle, aber ohne daß ich tiefer in ihn einzudringen vermochte, so wie es gewisse Melodien gibt, die man hundertmal hintereinander spielt, ohne in der Entdeckung ihres Geheimnisses einen Fortschritt zu machen. Einen Augenblick wandte ich mich von ihnen ab, um ihnen dann wieder mit frischeren Kräften gegenüberzutreten. Ich folgte nun mit dem Blick bis zur Böschung, die hinter der Weißdornhecke steil zu den Feldern aufstieg, einigen vereinzelten Mohnblumen und träge zurückgebliebenen Kornblumen, die hier und da ihre Blüten in den Hang eingewirkt hatten, so wie in weitläufigen Abständen am Rand einer Stickerei das pflanzliche Motiv erscheint, das erst in der Mittelpartie sich völlig entfalten wird; selten noch und lückenhaft wie die Häuser, mit denen sich die Nähe eines Dorfes ankündigt, zeigten sie mir die ungeheuren weizenwogenden Weiten an, über denen sich Wolken kräuselten, und der Anblick einer einzigen Mohnblüte, die am Ende ihres Tauwerks im Wind die rote Flamme aufzüngeln ließ über der schwarzen, wie ölgetränkten Boje, ließ mein Herz höher schlagen wie das eines Reisenden, der in der Nähe des Ufers eine erste gestrandete Barke erblickt, an der ein Kalfaterer gerade die Schäden behebt, und, bevor er es noch wirklich gesehen hat, ausruft: »Das Meer!«

Unterwegs zu Swann, S. 203

Liebe und Eifersucht

Man müßte wählen, entweder nicht mehr zu leiden oder nicht mehr zu lieben. Denn wie die Liebe zu Anfang aus dem Verlangen entsteht, wird sie später durch peinvolle Angst unterhalten.

Die Gefangene, S. 147

Die Neugier der Liebe gleicht der, die Ortsnamen in uns wecken: Obwohl sie immer enttäuscht wird, wächst sie unaufhörlich, unersättlich nach.

Die Gefangene, S. 200

Die Liebe, selbst in ihren bescheidensten Anfangsstadien, ist ein frappierendes Beispiel dafür, wie wenig die Wirklichkeit für uns bedeutet.

Die Flüchtige, S. 224

Wir kennen den Charakter der Menschen, die uns gleichgültig sind, wie aber sollten wir von dem etwas wissen, den ein Wesen besitzt, das ganz mit unserem Leben verschmilzt, das wir sehr bald von uns nicht mehr zu trennen vermögen, über dessen Beweggründe wir unaufhörlich angstvolle Vermutungen anstellen, die wir immer wieder von neuem korrigieren müssen? Einer Sphäre entspringend, die jenseits des Verstandesmäßigen liegt, schießt der

Schwung unserer Neugier auf die Frau, die wir lieben, über den Charakter dieser Frau hinaus.

Im Schatten junger Mädchenblüte, S. 674 f.

Und doch hätte ich beunruhigt sein müssen durch das, was mich im Gegenteil in Ruhe wiegte und mir als Glück erschien. Das ist in der Liebe ein abnormer Zustand, der im Nu dem scheinbar unbedeutendsten Zwischenfall, der jederzeit eintreten kann, eine Tragweite verleiht, die er in sich selbst nicht besitzt. Was so glücklich macht, ist etwas Instabiles im Herzen, das man immer zu erhalten versucht und das man kaum noch wahrnimmt, solange es sich nicht verschiebt. Tatsächlich liegt in der Liebe beständiges Leiden, das die Freude zwar neutralisiert, in bloß potentiellem Zustand erhält und aufschiebt, das aber jeden Augenblick werden kann, was es seit langem wäre, wenn man nicht das erlangt hätte, was man wollte: entsetzlich.

Im Schatten junger Mädchenblüte, S. 223

Welch außerordentliches Gewicht bekommen wahrscheinlich ganz belanglose Dinge plötzlich, wenn ein Wesen, das wir lieben, sie vor uns verbirgt!

Die Gefangene, S. 129

Diese Krankheit Swanns aber, seine Liebe, hatte sich so sehr vervielfältigt, war so eng mit allen seinen Gewohnheiten, seinem Denken und Handeln, seiner Gesundheit, seinem Schlaf, seinem Leben, ja selbst mit dem, was er nach seinem Tod ersehnte, verknüpft, sie war so sehr nur noch eins mit ihm, daß man sie nicht aus ihm hätte herausreißen können, ohne ihn selbst fast völlig zu vernichten: seine Liebe war, wie die Chirurgie es nennt, inoperabel geworden.

Unterwegs zu Swann, S. 447

Und doch war ihm diese Odette, von der alles Leiden kam, deswegen nicht weniger lieb, sondern im Gegenteil kostbarer noch, als ob in dem Maße, wie sein Leiden wuchs, auch der Wert des Beruhigungsmittels immer höher stiege, des Gegengifts, über das einzig und allein diese Frau verfügte.

Unterwegs zu Swann, S. 526

Er sagte sich, daß er, indem er Odette mit seinen Träumen von Glück assoziierte, sich nicht mit einem so unvollkommenen Notbehelf abfand, wie er zunächst gemeint hatte, da diese Ideenverbindung seinen raffiniertesten Kunstansprüchen entgegenkam. Er vergaß dabei, daß Odette dadurch keineswegs zu einer Frau wurde, die seinem Verlangen eher entsprach, da sein Verlangen ja gerade immer in einem seinen ästhetischen Neigungen ganz entgegengesetzten Sinn ausgerichtet war. Die Bezeichnung »florentinisches Meisterwerk« erwies Swann einen überaus großen Dienst. Sie erlaubte ihm, Odettes Bild in eine Welt der Träume hineinzunehmen, zu der es bislang keinen Zugang gehabt hatte und in der es eine Veredelung erfuhr. Und während der rein körperliche Aspekt, unter dem ihm diese Frau erschienen war, seine Zweifel hinsichtlich der Vorzüge ihres Gesichts, ihres Körpers, ihrer Schönheit schlechthin unaufhörlich von neuem genährt und seine Liebe abgeschwächt hatte, wurden diese Zweifel hinfällig und seine Liebe befestigt, als sie sich auf die Gegebenheiten einer gesicherten Ästhetik stützen konnte, ganz zu schweigen davon, daß Kuß und Umarmung, die nur als etwas Natürliches und Mittelmäßiges erscheinen, wenn eine Frau mit welkenden Reizen sie gewährt, nun, wo sie zur Krönung der anbetenden Bewunderung für ein Museumsstück wurden, für ihn etwas Übernatürliches und Köstliches bekamen.

Unterwegs zu Swann, S. 326

Auf diese Weise behielt er eine Weile die gleiche Ordnung der Dinge bei wie am ersten Tag; es fing jedesmal mit dem leichten Berühren von Odettes Brust und Hals mit Fingern und Lippen an, jedesmal war dies der Beginn seiner Zärtlichkeiten; und viel später noch, als sie vom Zurechtrücken der Cattleyas (oder der rituellen Scheinhandlung des Zurechtrückens) längst abgekommen waren, lebte die Metapher »Cattleya spielen« in ihrem Sprachgebrauch fort, zur schlichten Vokabel geworden, die sie schließlich ganz gedankenlos zur Bezeichnung des Aktes der physischen Inbesitznahme benutzten – bei dem man übrigens nichts besitzt –, und hielt die Erinnerung an jene vergessene Gewohnheit aufrecht.

Unterwegs zu Swann, S. 340

Beinahe alle staunten über diese Heirat, was in sich selbst erstaunlich ist. Sicher begreifen nur wenige Menschen, welch rein subjektiven Charakter das Phänomen der Liebe besitzt und daß sie sich aus Elementen, die in ihrer Mehrzahl aus uns selber stammen, eine regelrechte und deutlich von derjenigen, die im wirklichen Leben den gleichen Namen trägt, unterschiedene Ersatzperson erschafft. Daher verstehen auch nur wenige, welche ungeheuren Ausmaße schließlich für uns ein Wesen annimmt, das keineswegs das gleiche ist, das sie selbst sehen. Dennoch hätte einem in Odettes Fall ins Auge springen müssen, daß sie, wenn sie auch sicherlich Swanns Intelligenz nie begriffen hatte, doch über die Titel und den Stand seiner Arbeiten genau Bescheid wußte und daß der Name Vermeer ihr ebenso vertraut war wie der ihres Schneiders; sie hatte bei Swann alle jene Charakterzüge erfaßt, von denen die übrige Welt nichts weiß oder die sie lächerlich findet und deren wirklich ähnliches und mit Rührung betrachtetes Abbild nur eine Geliebte, eine Schwester in sich trägt; wir aber hängen so sehr an diesen Zügen, selbst an denjenigen, die wir am meisten zu korrigieren wünschten, daß schließlich, weil eine Frau auf nachsichtig humorvolle Art sich so sehr an sie gewöhnt hat wie wir selbst oder unsere Eltern, solche alten Liebesverhältnisse etwas von der sanften Macht von Familienbanden bekommen.

Im Schatten junger Mädchenblüte, S. 61

Swann war übrigens allem gegenüber blind, was Odette betraf, nicht nur bezüglich ihrer Bildungslücken, sondern auch der Mittelmäßigkeit ihrer Intelligenz. Ja, mehr noch, jedesmal, wenn Odette eine dumme Geschichte erzählte, hörte Swann seiner Frau mit einem Behagen, einer Heiterkeit, schon fast einer Bewunderung zu, in der noch ein Rest von Erotik mitschwingen mochte; während alles, was er selbst im gleichen Gespräch an Scharfsinnigem, ja Tiefgründigem vorbrachte, von Odette im allgemeinen ohne Interesse, flüchtig und mit Ungeduld aufgenommen und häufig unnachsichtig angegriffen wurde. Man muß zu dem Schluß kommen, daß eine solche Unterwerfung der Elite unter die Gewöhnlichkeit in vielen Ehen die Regel ist, wenn man bedenkt, wie viele hochkultivierte Frauen umgekehrt sich von einem Grobian betören lassen, der ihre zartsinnigsten Worte unerbittlich aburteilt, während sie sich mit der unendlichen Nachsicht der Zärtlichkeit angesichts seiner dummen Späße vor Entzücken nicht zu fassen wissen.

Im Schatten junger Mädchenblüte, S. 134

Also – so dachte ich damals wenigstens – ist man immer von den anderen Menschen getrennt; wenn man liebt, so spürt man, daß diese Liebe nicht einen einmaligen Namen trägt, sondern in künftigen Zeiten wieder aufleben kann und sogar in der Vergangenheit für eine andere als die Frau hätte entstehen können; und in der Zeit, da man nicht liebt, erlebt man, wenn man sich philosophisch mit den Widersprüchlichkeiten der Liebe abfindet, jene Liebe, von der man so geruhsam spricht, eben nicht, kennt sie also auch nicht, da die Kenntnis auf diesem Gebiet nur intermittierend auftritt und die wirkliche Gegenwart des Gefühls nicht überlebt.

Im Schatten junger Mädchenblüte, S. 265

Was man jetzt Tag für Tag hinausschiebt, ist nicht mehr das Ende der unerträglichen Angst, die durch die Trennung verursacht wird, sondern der gefürchtete Wiederbeginn von sinn- und ausweglosen Aufregungen. Wie sehr zieht man dann die fügsame Erinnerung, die man beliebig mit Träumereien nährt und in der, wenn man allein ist, die in Wirklichkeit gar nicht Liebende einem im Gegenteil Liebeserklärungen macht, einer solchen Begegnung vor! Diese Erinnerung, der man immer mehr von dem beimischt, was man gern möchte, und die man schließlich so angenehm gestaltet, wie es einem beliebt, ist uns unendlich viel lieber als die immer wieder aufgeschobene Begegnung, bei der man mit einem Wesen zu tun hat, dem man nicht mehr nach Gutdünken Worte diktieren kann, die man zu hören wünscht, sondern von dessen Seite man neue Kälte und unerwartete Ausfälle zu gewärtigen hat! Wir wissen alle, wenn wir nicht mehr lieben, daß Vergessen oder vage, verschwommene Erinnerung nicht so viele Leiden schafft wie unglückliche Liebe. So zog ich, ohne es mir einzugestehen, die sanfte Ruhe eines solchen vorweggenommenen Vergessens vor.

Im Schatten junger Mädchenblüte, S. 280

So kommt es, daß eine Frau durch jedes neue Leiden, das sie uns zufügt, oft ohne es zu wissen, ihre Macht über uns vermehrt, aber auch unsere Ansprüche an sie. Durch das Leid, das sie uns antut, umschließt sie uns immer stärker, verdoppelt sie unsere Ketten, aber auch die, mit denen es uns bis dahin genügte, sie gefesselt zu wissen, um uns beruhigt zu fühlen.

Im Schatten junger Mädchenblüte, S. 285

Wandlung einer Überzeugung, Nichtigkeit der Liebe auch, die präexistent und schweifend, einfach an dem Bild einer bestimmten Frau haftenbleibt, weil diese Frau für sie fast unmöglich zu erreichen ist. Von da an denkt man weniger an die Frau, die man sich nur schwer vorzustellen vermöchte, als an die Mittel, wie man sie kennenlernen kann. Es entwickelt sich ein langer Prozeß von Ängsten, der genügt, unsere Liebe auf diejenige zu fixieren, die das noch kaum erkannte Objekt unseres Gefühls ist. Die Liebe wird unermeßlich groß, wir aber denken nicht daran, einen wie geringen Platz die wirkliche Frau darin einnimmt.

Im Schatten junger Mädchenblüte, S. 621

Man richtet sein Leben ein für eine Person, die, wenn man sie endlich darin empfangen könnte, gar nicht erscheint und für uns schließlich stirbt; selbst aber lebt man gefangen in dem, was nur für sie bestimmt war.

Im Schatten junger Mädchenblüte, S. 298

Es ist sehr wahrscheinlich, daß die Frau, die dem Liebenden Leiden bereitet, stets lieb und umgänglich mit jemandem gewesen ist, der sich nichts aus ihr macht.

Die Flüchtige, S. 38

Er durchlitt, ohne einen einzigen auszulassen, im voraus alle Schmerzen eines endgültigen Bruchs, den er in anderen Augenblicken glaubte vermeiden zu können, so wie Leute, die alle ihre Angelegenheiten im Hinblick auf eine Auswanderung regeln, zu der es nachher gar nicht kommt, und deren Denken, das nicht mehr weiß, wo es sich morgen ansiedeln soll, von ihnen losgelöst einen Augenblick umherflattert gleich dem Herzen, das man dem Kranken aus der Brust nimmt und das vom übrigen Körper getrennt noch weiterschlägt. Jedenfalls verlieh ihm die Hoffnung, seine Geliebte werde zurückkehren, den Mut, in diesem Zustand des Bruchs auszuharren, so wie der Glaube, man könne lebend aus dem Kampf zurückkehren, einem hilft, dem Tod ins Auge zu sehen. Und da die Gewohnheit von allen menschlichen Gewächsen am wenigsten Nährboden zum Leben braucht und sich als erste auf dem scheinbar trostlosesten Felsen ansiedelt, hätte er sich vielleicht, indem er den Bruch zunächst als Finte einsetzte, am Ende noch ernstlich daran gewöhnt. Doch die Ungewißheit hielt ihn in einem Zustand, der mit der Erinnerung an jene Frau verknüpft war und so der Liebe glich.

Guermantes, S. 168

Die Macht der Eifersucht äußert sich auch darin, daß sie uns entdeckt, in welchem Ausmaß die Wirklichkeit der äußeren Tatsachen und die Regungen der Seele etwas Unbekanntes sind, das zu tausend Vermutungen Anlaß gibt. Wir glauben die Dinge und das, was die Leute denken, genau zu kennen einfach aus dem Grund, weil wir uns gar nicht darum kümmern. Sobald wir aber den Wunsch nach Wissen verspüren, wie ihn der Eifersüchtige hegt, wird das alles zu einem schwindelerregenden Kaleidoskop, in dem wir gar nichts mehr erkennen.

Die Flüchtige, S. 154

Das ist der schreckliche Betrug der Liebe: sie läßt uns zuerst nicht mit einer Frau spielen, die der äußeren Welt angehört, sondern mit einer Puppe im Inneren unseres Hirns; sie allein werden wir besitzen, und die Willkür der Erinnerung, die fast ebenso absolut ist wie die der Phantasie, kann sie von der wirklichen Frau ebenso verschieden gemacht haben, wie es das wirkliche Balbec von dem erträumten Balbec war; eine künstliche Schöpfung, der zu gleichen wir die wirkliche Frau nach und nach zu unserer eigenen Qual zwingen werden.

Guermantes, S. 520

Süße, heitere Augenblicke, die scheinbar so unschuldig sind, unter denen sich aber doch die Möglichkeit des Unheils drohend erhebt; dadurch weist das Leben der Liebe die größten Kontraste auf, es ist dasjenige, bei dem ein unvorhersehbarer Pech- und Schwefelregen nach den strahlendsten Augenblicken niedergeht und bei dem wir, ohne den Mut, aus dem Unglück eine Lehre zu ziehen, unmittelbar an den Wänden des Kraters, aus dem nur die Katastrophe kommen kann, von neuem zu bauen beginnen. Ich verfügte über die Sorglosigkeit all derer, die das Glück für dauerhaft halten. Gerade weil dieses Glück notwendig war, um den Schmerz zu erzeugen – und im übrigen mit Unterbrechungen auch zu seiner Linderung stets wiederkehren wird –, können die Menschen aufrichtig zu anderen und sogar zu sich selber sein, wenn sie die Güte verherrlichen, die ihnen eine Frau erwiesen hat, obwohl, wenn man alles recht besieht, auf dem Grund ihrer Verbindung beständig in geheimer Form, den anderen uneingestanden oder unwillkürlich durch Fragen, durch Nachforschungen enthüllt, eine schmerzhafte Unruhe webt. Doch hätte diese ohne das vorausgegangene Glück nicht entstehen können; selbst späterhin ist intermittierendes Glück notwendig, um das Leiden erträglich zu machen und den Bruch zu verhindern; und das Verhehlen der heimlichen Hölle, die das gemeinsame Leben mit einer Frau bedeutet, das bis zum ostentativen Zurschaustellen einer Intimität geht, die man für beglückend ausgeben will, bezeichnet einen wahren Gesichtspunkt, stellt eine allgemeingültige Beziehung zwischen Ursache und Wirkung, einen der Modi dar, nach denen die Erzeugung von Schmerz ermöglicht wird.

Die Gefangene, S. 109 f.

Man gibt sein Vermögen, ja sein Leben für ein Wesen hin, und dennoch weiß man genau, daß man zehn Jahre früher oder später ihm dieses Vermögen verweigern und sein Leben lieber für sich behalten würde.

Die Gefangene, S. 133

Die Liebe entwickelt sich in diesem Fall wie gewisse Erkrankungen des Nervensystems aus einer ungenauen Deutung eines peinvollen Unbehagens, einer Deutung übrigens, die zu korrigieren nichts nützt, wenigstens nicht, soweit es sich um die Liebe handelt, ein Gefühl, das (ganz gleich, was seine Ursache sein mag) immer auf Irrtümern beruht.

Sodom und Gomorrha, S. 293

Denn der Besitz dessen, was man liebt, ist eine noch größere Freude als die Liebe selbst. Wer diesen Besitz vor aller Augen verbirgt, tut es sehr oft nur aus Furcht, das geliebte Wesen könne ihm geraubt werden. Doch schmälert solch vorsichtiges Schweigen sein Glück.

Die Gefangene, S. 67

Wie alle Frauen, in deren Leben verschiedene Dinge eine Rolle spielen, besaß sie Stützen, die niemals versagen: Zweifel und Eifersucht. Gewiß suchte sie diese Gefühle nicht zu erregen, im Gegenteil. Doch wer liebt, ist so argwöhnisch, daß er auf der Stelle eine Lüge wittert.

Sodom und Gomorrha, S. 296

Gewiß hatte er wohl augenblicksweise eine ahnende Vorstellung davon, daß die täglichen Beschäftigungen Odettes nicht aufregend interessant seien und daß die Beziehungen, die sie zu anderen Männern haben mochte, nicht unbedingt von Natur aus und für jedes denkende Wesen tödliche Trauer aushauchen müßten, die mit dem Rausch des Selbstmords geladen sei. Er war sich dann darüber klar, daß dieses Interesse, diese Trauer nur in ihm selbst als eine Art Krankheit bestanden und daß nach deren Heilung die Handlungen Odettes, die Küsse, die sie ausgeteilt haben mochte, wieder so gleichgültig werden würden wie die einer andern Frau. Daß die schmerzliche Neugier, die Swann jetzt in sich trug, ihre Ursache nur in ihm selbst hatte, war jedoch nicht dazu angetan, es ihm als unsinnig erscheinen zu lassen, daß er diese Neugier wichtig nahm und alles tat, um sie zu befriedigen.

Unterwegs zu Swann, S. 404

Swann fand es weise, in seinem Leben dem Leiden, das für ihn darin bestand, nicht zu wissen, was Odette getan hatte, seinen Platz einzuräumen wie dem erneuten Ausbruch eines Ekzems, an dem er litt, sobald das Wetter feucht wurde, und in seinem Budget jeweils einen beträchtlichen flüssigen Betrag vorzusehen, um über den Gebrauch, den Odette von ihren Tagen machte, Auskünfte zu erhalten, ohne die er sich unglücklich fühlen würde, so wie er sich auch immer eine Reserve für die Befriedigung anderer Bedürfnisse gehalten hatte, von denen er mit Sicherheit einen Genuß erwarten konnte, wenigstens solange er noch nicht verliebt gewesen war, wie zum Beispiel seine Sammlungen und eine gute Küche.

Unterwegs zu Swann, S. 404f.

Er sagte sich: Man kennt sein Glück nicht. Man ist nie so unglücklich, wie man glaubt. Dann aber stellte er sich vor, daß diese Existenz nun schon Jahre andauerte, daß er als Äußerstes hoffen durfte, daß es immer so weiterginge, daß er seine Arbeit, seine Vergnügungen, seine Freunde, sein ganzes Leben endlich der täglichen Erwartung einer Begegnung zum Opfer brächte, aus der nichts Glückliches für ihn hervorgehen könne; und er fragte sich, ob er sich auch nicht täusche, ob nicht gerade alles, was diese Verbindung begünstigt und den Bruch verhindert hatte, seinem Schicksal abträglich gewesen sei, ob nicht das wünschenswerte Ereignis gerade dasjenige sei, an dem er sich nur freute, solange es einzig im Traume eintrat: daß er ginge; er sagte sich, daß man sein Unglück nicht kennt und niemals so glücklich ist, wie man glaubt.

Unterwegs zu Swann, S. 513

In der Hoffnung, am folgenden Tag irgendein Meisterwerk der Kunst zu betrachten, legte er sich zu Bett und löschte sein Licht; sobald er aber bei der Vorbereitung auf den Schlaf aufhörte, einen Zwang auf sich selbst auszuüben, dessen er sich schon nicht mehr bewußt war, so sehr war er daran gewöhnt, strömte ein eisiger Schauer in sein Herz und löste ein Schluchzen in seiner Kehle aus. Er wollte nicht einmal wissen, weshalb, er trocknete sich die Augen und sagte sich lachend dabei: So ist es recht, jetzt werde ich vollends neuropathisch. Danach konnte er nicht mehr ohne ein Gefühl großer Müdigkeit daran denken, daß er am nächsten Tag wiederum anfangen müsse zu ermitteln, was Odette getan hatte, und Beziehungen spielen zu lassen, um zu versuchen, sie zu sehen. Diese Notwendigkeit unablässigen Handelns, bei dem kein Wechsel und eigentlich kein Erfolg zu erwarten waren, wurde so grausam für ihn, daß er, als er eines Tages bei sich eine Schwellung am Leib bemerkte, freudig mit dem Gedanken spielte, es könne ein bösartiger Tumor sein, er habe vielleicht gar nicht nötig, sich noch um irgend etwas zu bekümmern, die Krankheit werde ihn ganz beherrschen, er werde bis zum nahen Ende nur noch ihr Spielball sein. Wenn er in jener Zeit häufig, ohne es sich einzugestehen, den Tod herbeiwünschte, so tatsächlich weniger, um der Heftigkeit seiner Leiden als vielmehr der Monotonie seiner Bemühungen zu entrinnen.

Unterwegs zu Swann, S. 459

Gerade dies aber vermochte mich am wirksamsten zu beruhigen, da die Eifersucht zu jener Familie krankhafter Zweifel gehört, die eher durch die Nachdrücklichkeit einer Behauptung als durch ihre Wahrscheinlichkeit entkräftet werden. Es liegt übrigens im Charakter der Liebe, daß sie uns gleichzeitig mißtrauischer und leichtgläubiger macht, uns dazu bringt, leichter als jede andere die Geliebte zu beargwöhnen, ihren Beteuerungen aber auch desto bereitwilliger Glauben zu schenken. Man muß lieben, um sich darum zu sorgen, daß nicht alle Frauen anständig sind, das heißt, um es überhaupt zur Kenntnis zu nehmen, und ebenfalls muß man lieben, um zu wünschen, das heißt sich zu versichern, daß es solche gibt, die doch anständig sind. Es ist menschlich, den Schmerz zu suchen und sich gleich wieder davon zu befreien. Die Reden, die uns dazu verhelfen können, überzeugen uns leicht, und man setzt nicht erst viel an einem Beruhigungsmittel aus, wofern es seinen Zweck erfüllt. Dann aber kann auch das Wesen, das wir lieben, in so vielfältiger Gestalt es uns erscheinen mag, auf alle Fälle zwei wesentliche Persönlichkeiten für uns darstellen, je nachdem, ob es uns als ein uns zugehöriges erscheint oder als eines, das seine Wünsche auf jemand anderes richtet als auf uns. Die erste dieser Persönlichkeiten besitzt das besondere Vermögen, uns daran zu hindern, an die Wirklichkeit jener zweiten zu glauben, und das spezifische Geheimnis, die Leiden zu beschwichtigen, die die letztere verursacht hat. Das geliebte Wesen ist nacheinander das Übel und das Heilmittel, welches das Übel dehnt und verschlimmert.

Sodom und Gomorrha, S. 343 f.

Im übrigen ist die Eifersucht eine jener intermittierenden Krankheiten, deren Ursache launisch, zwingend und bei dem gleichen Kranken stets identisch, bei einem anderen zuweilen völlig andersgeartet ist. Es gibt Asthmatiker, die ihren Anfall dadurch beschwichtigen, daß sie die Fenster öffnen, frischen Wind und Höhenluft einatmen, während andere sich in das Zentrum der Stadt, in ein verräuchertes

Zimmer flüchten. Es gibt kaum Eifersüchtige, deren Eifersucht nicht gewisse Abweichungen aufwiese. Der eine ist damit einverstanden, daß er betrogen wird, vorausgesetzt, daß man es ihm sagt, ein anderer, sofern man es ihm verbirgt, worin der eine sich kaum weniger absurd als der andere zeigt, da der zweite zwar wahrhaft betrogen ist, insofern man ihm die Wahrheit vorenthält, der erste aber in Gestalt dieser Wahrheit nach der Nahrung, der Ausweitung, der Erneuerung seiner Leiden verlangt.

Die Gefangene, S. 36

Es heißt oft, daß man, wenn man einem Freund die Fehler seiner Geliebten zur Kenntnis bringt, ihn nur um so stärker an sie bindet, weil er das Gehörte einfach nicht glauben will, wieviel mehr aber noch, wenn er es glaubt!

Unterwegs zu Swann, S. 526

Und mit jener Grobschlächtigkeit, die bei ihm auftauchen konnte, sobald er nicht mehr unglücklich war und sich gleichzeitig sein moralisches Niveau senkte, sagte er fast empört zu sich selbst: Wenn ich denke, daß ich mir Jahre meines Lebens verdorben habe, daß ich sterben wollte, daß meine größte Liebe einer Frau galt, die mir nicht gefiel, die nicht mein Genre war!

Unterwegs zu Swann, S. 552

Dieser Sultan hatte, als er innewurde, daß er eine seiner Frauen bis zum Wahnsinn liebte, sie kurzerhand erdolcht, um die Freiheit seines Geistes wiederzuerlangen.

Unterwegs zu Swann, S. 514

Sicher ist es vernünftiger, sein Leben an Frauen als an Briefmarken, alte Schnupftabakdosen oder sogar Bilder und Statuen zu wenden. Nur sollte das Beispiel dieser anderen Sammlungen uns nahelegen zu wechseln, nicht nur eine einzige Frau zu haben, sondern viele Frauen.

Guermantes, S. 493

Erinnerung und Vergänglichkeit

Viele Jahre lang hatte von Combray außer dem, was der Schauplatz und das Drama meines Zubettgehens war, nichts mehr für mich existiert, als meine Mutter an einem Wintertag, an dem ich durchfroren nach Hause kam, mir vorschlug, ich solle entgegen meiner Gewohnheit eine Tasse Tee zu mir nehmen. Ich lehnte erst ab, besann mich dann aber, ich weiß nicht warum, eines anderen. Sie ließ daraufhin eines jener dicklichen, ovalen Sandtörtchen holen, die man »Petites Madeleines« nennt und die aussehen, als habe man als Form dafür die gefächerte Schale einer Jakobs-Muschel benutzt. Gleich darauf führte ich, ohne mir etwas dabei zu denken, doch bedrückt über den trüben Tag und die Aussicht auf ein trauriges Morgen, einen Löffel Tee mit einem aufgeweichten kleinen Stück Madeleine darin an die Lippen. In der Sekunde nun, da dieser mit den Gebäckkrümeln gemischte Schluck Tee meinen Gaumen berührte, zuckte ich zusammen und war wie gebannt durch etwas Ungewöhnliches, das sich in mir vollzog. Ein unerhörtes Glücksgefühl, das ganz für sich allein bestand und dessen Grund mir unbekannt blieb, hatte mich durchströmt. Es hatte mir mit einem Schlag, wie die Liebe, die Wechselfälle des Lebens gleichgültig werden lassen, seine Katastrophen ungefährlich, seine Kürze imaginär, und es erfüllte mich mit einer köstlichen Essenz; oder vielmehr: diese Essenz war nicht in mir, ich war sie selbst. Ich hatte aufgehört, mich mittelmäßig, zufallsbedingt, sterblich zu fühlen. Woher strömte diese mächtige

Freude mir zu? Ich fühlte, daß sie mit dem Geschmack des Tees und des Kuchens in Verbindung stand, daß sie aber weit darüber hinausging und von ganz anderer Wesensart sein mußte. Woher kam sie mir? Was bedeutete sie? Wo konnte ich sie fassen? Ich trinke einen zweiten Schluck und finde nichts anderes darin als im ersten, dann einen dritten, der mir etwas weniger davon schenkt als der vorige. Ich muß aufhören, denn die geheime Kraft des Trankes scheint nachzulassen. Es ist ganz offenbar, daß die Wahrheit, die ich suche, nicht in ihm ist, sondern in mir. Er hat sie dort geweckt, kennt sie aber nicht und kann nur auf unbestimmte Zeit und mit ständig schwindender Stärke seine Aussage wiederholen, die ich gleichwohl nicht zu deuten weiß und die ich wenigstens wieder von neuem aus ihm herausfragen und unverfälscht etwas später zu meiner Verfügung haben möchte, um eine entscheidende Erleuchtung daraus zu schöpfen. Ich stelle die Tasse ab und wende mich meinem Geist zu. Er muß die Wahrheit finden. Doch wie? Eine schwere Ungewißheit tritt ein, so oft der Geist sich von sich selbst überfordert fühlt, wenn er, der Forscher, zugleich das dunkle Land ist, das er erforschen muß und wo sein ganzes Gepäck ihm nichts nützt. Erforschen? Nicht nur das: Erschaffen. Er steht vor einem Etwas, das noch nicht ist, das nur er wirklich werden lassen und dann in sein eigenes Licht rücken kann.

Unterwegs zu Swann, S. 66-68

Ach, vergebens flehte ich den Turm von Roussainville an, mir irgendein Kind des Dorfes entgegenzuschicken; er war der einzige Vertraute meiner Wünsche, wenn ich oben in unserem Haus in Combray in der nach Irisblüten duftenden kleinen Kammer nichts als ihn in der quadratischen Öffnung des halbgeöffneten Fensters stehen sah, während ich mit dem heroischen Zaudern eines Reisenden, der eine Forschungsreise unternimmt, oder des Verzweifelten, der sich umbringen will, mit versagender Kraft in mir selbst einen unbekannten und, wie mir schien, von Todesgefahr umlauerten Weg suchte, bis zu dem Augenblick, da eine natürliche Spur wie die einer Schnecke auf den Blättern des wilden schwarzen Johannisbeerstrauches entstand, der sich bis zu mir neigte. Vergebens flehte ich ihn jetzt an. Vergebens durchspähte ich die ganze Weite der Ebene in meinem Gesichtsfeld und versuchte mit den Blicken eine Frau aus ihr hervorzuzaubern.

Unterwegs zu Swann, S. 231 f.

Man fürchtet mehr als für alle anderen Formen des Glücks den Verlust jener Schicksalsgaben, die uns immer fremd sind, weil unser Herz sich ihrer nicht bemächtigt hat.

Im Schatten junger Mädchenblüte, S. 445 f.

Ich hörte das ferne Grollen meiner Nerven, in denen ich ganz unabhängig von den umgebenden Objekten, die es mir hätten vermitteln können, bei jeder leichten Veränderung der Körperhaltung oder der Richtung meiner Aufmerksamkeit ein Wohlbehagen verspürte, so wie ein leichter Druck auf das geschlossene Auge eine Farbempfindung auslöst. Ich hatte schon viel Portwein getrunken, verlangte jedoch noch mehr, und zwar weniger im Hinblick auf das, das ich mir von weiteren Gläsern versprach, als vielmehr aufgrund jenes Behagens, das die vorangegangenen Gläser verursacht hatten. Ich ließ die Musik mein Vergnügen zu jeder einzelnen Note führen, wo es sich dann bereitwillig niederließ. Wenn jenes Restaurant in Rivebelle – darin jenen chemischen Industrien ähnlich, die Stoffe in großen Mengen herstellen, die sich in der Natur nur zufällig und nur selten finden – zu einem gleichen Zeitpunkt mehr Frauen, in denen sich für mich Glücksperspektiven eröffneten, unter seinem Dach barg, als mich der Zufall der Spazierfahrten oder der Reisen in einem ganzen Jahr hätte antreffen lassen, war die Musik, die wir hörten – für die kleine Besetzung hergerichtete Walzer, Teile aus deutschen Operetten, Chansons aus Tingeltangeln, die alle für mich neu waren –, in sich selbst wie eine Vergnügungsstätte, die über der anderen in den Lüften zu liegen schien und noch berauschender war. Denn jede ihrer Weisen, ein Wesen für sich wie eine Frau, sparte nicht, wie eine solche es getan hätte, für den bevorzugten Einen ihr Geheimnis verborgener Wollust auf: sie bot es mir, sie lockte mich, trat mit kapriziöser oder kecker Gebärde vor mich hin, sie streifte, ja streichelte mich, als sei ich mit einemmal verführerischer, mächtiger oder reicher geworden; wohl entdeckte ich in diesen Klängen etwas Grausames; jedes zweckfreie Schönheitsgefühl, jeder Schimmer von Verstehen war ihnen nämlich fremd; für sie gibt es nur sinnliche Lust. So sind sie denn in seinem Unglück für den Eifersüchtigen, dem sie diese Lust – die Lust, die die geliebte Frau mit einem anderen kostet – als das einzige vor Augen führen, was auf der Welt für diejenige existiert, von der er ganz erfüllt ist, die unerbittlichste, ausweglosestc Hölle. Und während ich halblaut die Töne jener Melodie vor mich hinsummte und ihr den Kuß, mit dem sie mich berührt hatte, gleichsam wiedergab, wurde die ganz besondere Wollust, die sie mich kosten ließ, mir so lieb, daß ich meine Eltern verlassen hätte, um diesem Klang in jene einzigartige Welt zu folgen, die er im Unsichtbaren aus einem Liniengefüge errichtete, in dem Wehmut mit Feuer sich wechselnd verband.

Im Schatten junger Mädchenblüte, S. 555 f.

Der Rausch verwirklicht für ein paar Stunden den subjektiven Idealismus, den reinen Phänomenalismus: alles ist nur Schein und existiert nur als Funktion unseres erhabenen Selbst. Im übrigen ist nicht gesagt, daß eine wahrhafte Liebe, sofern wir eine haben, in einem solchen Zustand nicht fortbestehen kann. Wir aber fühlen, ebenso wie es in einer neuen Umgebung sein würde, daß unter einem unbekannten Druck die Ausmaße dieses Gefühls sich verwandelt haben, so daß wir nicht mehr in der Lage sind, es noch als die gleiche Größe zu betrachten. Dieselbe Liebe finden wir zwar wieder, aber an einer anderen Stelle, wo ihr Gewicht für uns leichter geworden ist, befriedet in der Empfindung des Augenblicks und uns selbst genügend, denn um das, was nicht unserer Gegenwart angehört, kümmern wir uns nicht. Leider verändert der Faktor, der auf die Werte diese Wirkung hat, sie nur für diese Stunde der Trunkenheit. Die Personen, die uns nicht mehr wichtig schienen und die wir wie Seifenblasen mit unserem Hauch bewegten, werden morgen wieder ihr volles Gewicht erlangen, und von neuem werden wir uns der Arbeit widmen müssen, die uns nichts mehr bedeutete.

Im Schatten junger Mädchenblüte, S. 562

»Kein Mensch ist so weise«, sagte er [Elstir] zu mir, »daß er nicht in irgendeiner Phase seiner Jugend Dinge gesagt oder sogar ein Leben geführt hätte, an die er nur ungern erinnert wird und die er am liebsten rückgängig machen würde. Er muß das jedoch nicht unbedingt bedauern, weil nur sicher sein kann, daß er – soweit wie möglich – ein Weiser geworden ist, wer durch alle Inkarnationen der Lächerlichkeit oder Schändlichkeit hindurchgegangen ist, die vor jener letzten Inkarnation liegen müssen.«

Im Schatten junger Mädchenblüte, S. 630

Nichts ist schmerzlicher als dieser Gegensatz zwischen der Verwandlung der Menschen und der Starrheit der Erinnerung, wenn wir begreifen, daß das, was in unserem Gedächtnis so viel Frische bewahrt, im Leben keine Frische haben kann, daß wir außerhalb von uns dem nicht mehr nahekommen können, was uns in unserm Inneren so schön erscheint und in uns das gleichwohl so individuelle Verlangen nach einem Wiedersehen weckt, es sei denn, daß wir es in einer Person desselben Alters suchen, doch das bedeutet nun einmal: in einem anderen Wesen.

Die wiedergefundene Zeit, S. 437

Das Verschwinden meines Leidens und alles dessen, was es mit sich forttrug, ließ mich in einem eigentlich reduzierten Zustand zurück, wie es häufig bei der Heilung einer Krankheit geschieht, die in unserem Leben zuvor großen Raum eingenommen hat. Gewiß währt die Liebe deshalb nicht ewig, weil unsere Erinnerungen nicht immer wahr bleiben und weil das Leben aus einer unaufhörlichen Erneuerung der Zellen besteht. Diese Erneuerung aber wird, soweit sie die Erinnerungen betrifft, gleichwohl durch die Aufmerksamkeit verzögert, die das, was sich wandeln soll, festzuhalten sucht und für kurze Zeit auch wirklich noch fixiert. Da es aber mit dem Kummer wie mit dem Verlangen nach Frauen ist, das man vergrößert, indem man daran denkt, würden uns durch den Umstand, viel zu tun zu haben, zwei Dinge leichter fallen: Keuschheit und Vergessen.

Die Flüchtige, S. 264 f.

»Monsieur«, sagte er [Baron de Charlus] einen Schritt zurücktretend mit plötzlich eisiger Miene, »Sie sind noch jung und sollten die Gelegenheit nutzen, zwei Dinge zu lernen: erstens sollten Sie sich enthalten, Gefühle zu äußern, die zu natürlich sind, um nicht als selbstverständlich zu gelten; zweitens sollten Sie nicht so hitzig auf Dinge reagieren, die man Ihnen gesagt hat und deren Sinn Sie noch gar nicht begriffen haben. Hätten Sie diese Vorsicht nicht soeben versäumt, so würden Sie vermieden haben, wie ein Tauber ins Blaue hinein darauflos zureden und dadurch eine weitere Lächerlichkeit zu der hinzuzufügen, die darin besteht, mit gestickten Ankern auf dem Badeanzug herumzulaufen.«

Im Schatten junger Mädchenblüte, S. 490

Selbst in geistiger Beziehung hängen wir von den Naturgesetzen weit stärker ab, als wir denken, und unser Geist besitzt von vornherein wie gewisse Kryptogamen oder Grasarten Eigentümlichkeiten, für die wir uns frei zu entscheiden vermeinen. Doch wir erfassen nur die sekundären Ideen, ohne die Grundursache zu bemerken (jüdische Rasse, französische Familie und andere), aus der sie notwendig hervorgegangen sind und die sich zum gegebenen Zeitpunkt in uns manifestiert. Und vielleicht, während die einen uns das Ergebnis einer Überlegung, die anderen die Folge eines Diätfehlers zu sein scheinen, haben wir von unserer Familie, ebenso wie Schmetterlingsblütler eine bestimmte Form ihrer Samen, die Ideen übernommen, von denen wir leben, wie auch die Krankheit, an der wir sterben werden.

Im Schatten junger Mädchenblüte, S. 670

Wir begehen den Fehler, die Dinge so zu präsentieren, wie sie sind, die Namen so, wie sie geschrieben werden, die Leute, wie sie Photographie und Psychologie uns als unwandelbar schildern. In Wirklichkeit aber entspricht das keineswegs dem, was wir für gewöhnlich wahrnehmen. Wir sehen, hören, begreifen die Welt völlig verkehrt. Wir wiederholen einen Namen, wie wir ihn verstanden haben, bis die Erfahrung unseren Irrtum berichtigt, was nicht immer geschieht. Ein solcher ständiger Irrtum, der genau dem »Leben« entspricht, prägt seine tausend Formen nicht nur dem sichtbaren und dem hörbaren Universum auf, sondern auch dem sozialen, dem sentimentalen, dem historischen.

Die Flüchtige, S. 235

Diese Zeit übrigens, die das Individuum – wie ich bei der Sonate – benötigt, um in ein anspruchsvolleres Werk einzudringen, ist gleichsam nur die Abkürzung und das Symbol der Jahre, der Jahrhunderte zuweilen sogar, die vergehen, bis das Publikum ein wirklich neues Werk zu lieben versteht. So sagt sich das Genie vielleicht, um der Verkennung durch die große Masse zu entgehen, daß es den Zeitgenossen am nötigen Abstand fehlt und daß für die Nachwelt bestimmte Werke auch erst von dieser gelesen werden sollten, wie gewisse Bilder, die falsch beurteilt werden, wenn man sie aus zu großer Nähe betrachtet. In Wahrheit aber erweist sich jede dieser ängstlichen Vorkehrungen zur Vermeidung von falschen Urteilen als nutzlos, weil diese unvermeidlich sind. Der Grund dafür, daß ein geniales Werk selten sofort bewundert wird, liegt darin, daß sein Verfasser außergewöhnlich ist, daß wenige Menschen ihm gleichen. Doch sein Werk selbst wird die wenigen Geister, die zu seinem Verständnis befähigt sind, befruchten und dadurch sich mehren und wachsen lassen. Die Quartette von Beethoven (das zwölfte, dreizehnte, vierzehnte und fünfzehnte) haben fünfzig Jahre gebraucht, um ein Publikum für Beethoven-Quartette zur Welt zu bringen und zu vergrößern; sie haben wie alle Meisterwerke einen Fortschritt wenn nicht in der Qualität der Künstler, so jedenfalls in der Gemeinschaft der Geister zuwege gebracht, besteht doch diese heute weitgehend aus Menschen, die noch unauffindbar waren, als das Werk erschien, nämlich solchen, die fähig sind, ebendieses Werk zu lieben. Was man die Nachwelt nennt, ist die Nachkommenschaft des Werks.

Im Schatten junger Mädchenblüte, S. 151 f.

Tatsächlich gehen Neuerungen, denen man mit Unruhe entgegensieht, meist glatt über die Bühne.

Die wiedergefundene Zeit, S. 154

Sicher können die Aufmerksamkeiten, die eine Frau für uns hat, sofern wir sie lieben, immer noch neue Reize über die Stunden breiten, die wir mit ihr verbringen. Doch ist sie für uns nicht immer wieder eine andere Frau. Ihre Heiterkeit haftet äußerlich an einem an sich nicht mehr wandlungsfähigen Gesicht. Die Jugend aber liegt diesseits solcher gänzlichen Verfestigung, und daher kommt es, daß man in der Nähe junger Mädchen ein Gefühl der Erfrischung verspürt, wie es einem das Schauspiel unaufhörlich sich wandelnder Formen schenkt, der Formen, die dauernd in einem fließenden Zusammenspiel begriffen sind, das an die unaufhörliche Neuschöpfung der Urelemente der Natur gemahnt, denen man sich beim Anblick des Meeres hingeben kann.

Im Schatten junger Mädchenblüte, S. 691

Was wir von unserem Auftreten im Gedächtnis behalten, bleibt den Allernächsten verborgen; Worte aber, die wir vergessen oder überhaupt nicht gesagt haben, werden Heiterkeit noch auf fernen Planeten erwecken, und das Bild, das die anderen sich von unserem Tun und Treiben machen, sieht dem, das wir uns selbst machen, nicht ähnlicher als einer Zeichnung ein mißratener Abzug, auf dem an manchen Punkten an Stelle eines schwarzen Striches ein leerer Fleck und statt weißer Flächen ein unerklärlicher Schnörkel erscheint. Es kann übrigens vorkommen, daß das, was nicht aufgezeichnet wurde, irgendein irrealer Zug ist, den wir uns zuerkennen, während umgekehrt das, was nur hinzugedichtet scheint, uns tatsächlich eigen ist, jedoch so wesensmäßig zu uns gehört, daß es uns entgeht. So kann der seltsame Abzug, der uns so wenig getroffen scheint, zuweilen die – freilich wenig schmeichelhafte, aber tiefreichende und nützliche – Ähnlichkeit einer Röntgenaufnahme besitzen. Das aber ist kein Grund, uns darin wiederzuerkennen. Wer die Gewohnheit hat, im Spiegel seinem hübschen Gesicht und schönen Oberkörper zuzulächeln, dann aber sein Röntgenbild zu sehen bekommt, wird angesichts dieses knöchernen Rosenkranzes, den man ihm als ein Bild seiner selbst vorlegt, denselben Verdacht auf einen Irrtum hegen wie ein Ausstellungsbesucher, der, vor dem Bildnis einer jungen Frau stehend, im Katalog »Ruhendes Dromedar« liest.

Guermantes, S. 381

Die Gewohnheit zu denken legt manchmal das Gefühl für das Wirkliche lahm, macht dagegen immun und läßt es uns nur als etwas Gedachtes erscheinen.

Die Flüchtige, S. 278

Es war ein gewöhnlicher Herbstsonntag; dennoch fühlte ich mich wie neugeboren; das Dasein lag unberührt vor mir, denn am Morgen war nach einer Reihe milder Tage kalter Nebel aufgekommen, der sich erst gegen Mittag hob. Nun genügt aber ein Wetterwechsel, um die Welt und uns selbst neuzuschaffen. Früher, wenn der Wind durch meinen Kamin blies, lauschte ich seinem Pochen gegen die Klappe mit ebenso großer Ergriffenheit, als wäre es, gleich dem berühmten Pochen der Streicher zu Beginn der c-Moll-Sinfonie, der unwiderstehliche Ruf eines geheimnisvollen Schicksals gewesen. Jede plötzliche Veränderung in der Natur gibt uns die Möglichkeit einer ähnlichen Verwandlung, indem sie unsere Wünsche harmonisch dem neuen Zustand der Dinge anpaßt. Gleich beim Erwachen hatte der Nebel aus mir anstelle des zentrifugalen Wesens, das man an schönen Tagen ist, einen Menschen gemacht, der sich von der Außenwelt abschließt, den es nach dem Winkel am Feuer und dem geteilten Lager verlangt, einen fröstelnden Adam auf der Suche – in dieser veränderten Welt – nach einer häuslichen Eva.

Guermantes, S. 484 f.

So rastlos unser Leben ist, so seßhaft ist unser Gedächtnis, und wir können noch so sehr ohne Unterlaß weiterjagen, unsere Erinnerungen führen trotzdem, an die Orte gebunden, von denen wir uns lösen, ihr häusliches Leben, wie jene Freunde auf Zeit, die der Reisende in einer Stadt gefunden hat und die er verlassen muß, wenn er von dort wieder abreist.

Die wiedergefundene Zeit, S. 440

Im allgemeinen scheint uns die Zeit, die uns von unseren Vorhaben trennt, um so länger, je kürzer sie in Wirklichkeit ist, weil wir einen kürzeren Maßstab anlegen oder einfach deshalb, weil wir sie überhaupt messen. Das Papsttum, sagt man, rechnet nach Jahrhunderten, vielleicht liegt ihm Rechnen grundsätzlich fern, weil sein Ziel und Ende im Unendlichen ruht.

Guermantes, S. 537f.

Oft habe ich einen Menschen wiedersehen wollen, ohne mir darüber klar zu sein, daß es nur deswegen war, weil er mich an eine Weißdornhecke erinnerte, und bin durch ein bloßes Reisebedürfnis verleitet worden, an einen Nachsommer der Liebe zu glauben und andere daran glauben zu machen.

Unterwegs zu Swann, S. 271

Gewiß sind die »Dummheiten« anderer Leute unerträglich. Doch eine Störung, über die man sich erst ganz allmählich klar wird, ist die Folge davon, daß sehr zarte Empfindungen in das menschliche Gehirn Eingang finden, für die es gemeinhin nicht geschaffen ist. Daher kann man sich zwar vor den Sonderbarkeiten reizender Menschen entsetzen, aber es gibt kaum reizende Menschen, die nicht irgendwo etwas sonderbar sind.

Sodom und Gomorrha, S. 500

Die Kontinuität des äußeren Vorgangs erweckte in ihnen den Glauben, der Geist sei immer noch am Leben, so wie manchmal Leute, die abergläubisch auf eine bestimmte Marke von Kleingebäck eingeschworen sind, auch weiter ihre Petits-Fours bei dem gleichen Hause bestellen, ohne zu bemerken, daß sie längst abscheulich geworden sind.

Die wiedergefundene Zeit, S. 464

Die Bande zwischen einem anderen und uns existieren nur in unserem Denken. Wenn das Gedächtnis nachläßt, lockern sie sich, und ungeachtet der Illusion, der wir gern erliegen würden und mit der wir aus Liebe, aus Freundschaft, aus Höflichkeit, aus Achtung, aus Pflichtgefühl die anderen betrügen, sind wir im Leben allein. Der Mensch ist das Wesen, das nicht aus sich herauskann, das die anderen nur in sich selbst kennt und das lügt, wenn es das Gegenteil behauptet.

Die Flüchtige, S. 54f.

Man verlangt um so mehr nach einer Person, wenn sie dicht daran ist, sich uns hinzugeben; die Hoffnung nimmt den Besitz vorweg; die Sehnsucht wirkt als eine Verstärkung des Verlangens.

Die Flüchtige, S. 133

Man eilt voraus in die Zeit, nach der man sich sehnt.

Im Schatten junger Mädchenblüte, S. 484

Aber wozu all dies unnötige Unglücklichsein? Jetzt jedoch erkannte ich, daß es nicht in unserer Macht steht, ob wir uns solches Unglück bereiten oder nicht, und daß wir zwar unseren Willen kennen mögen, andere sich ihm aber deswegen nicht beugen. Und dennoch, diese schmerzlichen, diese unabweisbaren Weisheiten, die uns beherrschten und für die wir blind gewesen waren, Wahrheiten unserer Gefühle, Wahrheiten unseres Geschicks – wie oft haben wir sie, ohne es zu wissen und zu wollen, in Worte gefaßt, die wir selbst wohl für lügenhaft hielten, denen aber die Ereignisse nachträglich eine prophetische Qualität verliehen.

Die Flüchtige, S. 137

Doch alle Dinge des Lebens, die einmal existiert haben, zeigen die Tendenz wiederzuerstehen, und wie ein verendendes Tier, das von einem letzten Anfall des Krampfes geschüttelt wird, der schon beendet schien, so zeichnete in

Swanns einen Augenblick schon weniger versehrtes Herz noch einmal das gleiche Leiden das gleiche schneidende Kreuz.

Unterwegs zu Swann, S. 527

Wie das Leiden, das ich meiner Großmutter bereitet hatte, bildete auch jenes, das Albertine mir bereitete, ein letztes Band zwischen ihr und mir, das sogar noch länger währte als die Erinnerung, denn infolge der Energieerhaltung, die allem Physischen eigen ist, bedarf das Leiden nicht einmal der Lehren des Gedächtnisses: so leidet ein Mann, der die schönen, beim Mondschein in den Wäldern verbrachten Nächte vergessen hat, noch immer an dem Rheumatismus, den er ihnen verdankt.

Die Flüchtige, S. 165

Als ich wieder alleine bei mir zu Hause war und daran dachte, daß ich heute nachmittag eine Spazierfahrt mit Albertine gemacht, am übernächsten Tag bei Madame de Guermantes zu Abend essen würde und einen Brief Gilbertes zu beantworten hatte – alle drei Frauen hatte ich ja geliebt –, sagte ich mir, daß unser soziales Leben einem Maleratelier voll beiseitegelegter Skizzen gleicht, in denen wir einmal einen Augenblick lang unser Verlangen nach einer großen Liebe glaubten festhalten zu können; doch wurde mir dabei nicht bewußt, daß manchmal, wenn die Skizze noch nicht allzulange geruht hat, wir sie am Ende noch einmal vornehmen und ein ganz anderes, vielleicht bedeutenderes Werk daraus machen, als wir ursprünglich planten.

Guermantes, S. 547

Die Erinnerungen der Liebe bilden nämlich keine Ausnahme von den allgemeinen Gesetzen des Gedächtnisses, das seinerseits denen der Gewohnheit unterliegt. Da diese alles abschwächt, erinnert uns gerade das am stärksten an einen Menschen, was wir vergessen hatten, weil es unbedeutend war, und dem wir dadurch seine ganze Kraft belassen haben. Daher lebt der beste Teil unseres Gedächtnisses außerhalb von uns: in dem feuchten Hauch eines Regentages, dem Geruch eines ungelüfteten Raums oder demjenigen eines eben entzündeten, aufflammenden Feuers, überall da, wo wir von uns selbst das wiederfinden, was unser Verstand verschmäht hatte: die letzte, die beste Reserve der Vergangenheit, die, wenn alle anderen versiegt sind, uns noch Tränen entlocken kann.

Die Flüchtige, S. 172

Doch eine Erinnerung, ein Kummer sind überaus beweglich. An manchen Tagen entfernen sie sich so weit, daß wir sie kaum noch erkennen und annehmen, sie seien weg. Dann achten wir auf andere Dinge.

Guermantes, S. 130

Denn der Mensch ist ein Wesen ohne festes Lebensalter, ein Wesen, das die Fähigkeit besitzt, in wenigen Sekunden um Jahre jünger zu werden, und das innerhalb der Wände der Zeit, in der es gelebt hat, auf und ab schwebt wie in einem Bassin, dessen Spiegel unaufhörlich auf und nieder steigt und es bald auf die Höhe dieser, bald auf die Höhe jener Epoche trägt.

Die Flüchtige, S. 295

Und dieser Mensch – wie gut kann man verstehen, daß er Vertrauen zu seiner Freude faßt, selbst wenn der einfache Geschmack einer Madeleine nicht logischerweise die Gründe für diese Freude zu enthalten scheint, verstehen auch, daß das Wort Tod keinen Sinn für ihn hat; was könnte er, der Zeit enthoben, von der Zukunft fürchten?

Die wiedergefundene Zeit, S. 267f.

Im Grunde ist es ja eine Lösungsart für das Problem des Daseins wie jede andere, wenn wir die Dinge und die Personen, die uns aus der Ferne schön und geheimnisvoll erschienen sind, nahe genug an uns heranrücken, um uns darüber klarzuwerden, daß sie ohne Geheimnis und ohne Schönheit sind; es ist eine der hygienischen Maßnahmen, zwischen denen man wählen kann, eine Maßnahme, die vielleicht nicht sehr empfehlenswert ist, die uns aber jedenfalls das Leben in einer gewissen Ruhe verbringen und auch – insofern sie uns gestattet, das Beste erlangt zu haben, nur daß dieses Beste eben weiter nichts Besonderes war – den Tod ertragen läßt.

Im Schatten junger Mädchenblüte, S. 751

Dadurch erklärte sich, daß meine Sorgen um meinen Tod in dem Augenblick ein Ende gefunden hatten, in dem ich unbewußt den Geschmack der kleinen Madeleine wiedererkannte; denn in diesem Augenblick war das Wesen, das ich gewesen war, ein außerzeitliches Wesen und stand daher den Wechselfällen der Zukunft unbesorgt gegenüber.

Die wiedergefundene Zeit, S. 265

Eine Stunde ist nicht nur eine Stunde; sie ist ein mit Düften, mit Tönen, mit Plänen und Klimaten angefülltes Gefäß. Was wir die Wirklichkeit nennen, ist eine bestimmte Verbindung zwischen diesen Empfindungen und Erinnerungen, die uns gleichzeitig umgeben.

Die wiedergefundene Zeit, S. 292

Denn die wahren Paradiese sind die Paradiese, die man verloren hat.

Die wiedergefundene Zeit, S. 264

Da aber sogar die besten Schriftsteller oft beim Herannahen des Alters oder nachdem sie sich in einem Werk besonders verausgabt haben, kein Talent mehr zeigen, muß man es gewiß entschuldbar finden, wenn Damen der Gesellschaft von einem bestimmten Augenblick an über keinen Geist mehr verfügen.

Die wiedergefundene Zeit, S. 463

Theoretisch weiß man, daß die Erde sich dreht, tatsächlich aber merkt man es nicht; der Boden, auf dem man schreitet, scheint sich nicht zu rühren, und so lebt man ruhig vor sich hin. Genauso ist es im Leben mit der Zeit. Um ihr Entschwinden fühlbar zu machen, versuchen die Romanschriftsteller, den Lauf des Zeigers so rasend zu beschleunigen, daß der Leser zehn, zwanzig, dreißig Jahre in zwei Minuten durchmißt. Oben auf der Seite hat man sich von einem hoffnungsfrohen Liebhaber getrennt, und unten auf der nächsten findet man einen Achtzigjährigen wieder, der im Hof eines Altersheims mühselig seinen täglichen Spaziergang absolviert und dabei kaum auf die an ihn gerichteten Fragen Antwort geben kann, da er das Vergangene vergessen hat.

Im Schatten junger Mädchenblüte, S. 81

Ich kehrte nach Hause zurück. Mein Neujahrstag war der der alten Leute gewesen, die an diesem Tag so ganz verschieden von den jungen sind, nicht, weil sie keine Geschenke mehr bekommen, sondern weil sie an das neue Jahr nicht mehr glauben. Geschenke hatte ich zwar bekommen, doch nicht das einzige, das mir Freude bereitet hätte: ein Wort von Gilberte. Und doch war ich noch ganz jung, hatte ich ihr doch einen Brief schreiben können in der Absicht, mit der Schilderung der einsamen Träume meines Herzens in ihr ebensolche wachzurufen. Das Traurige an alt gewordenen Menschen ist ja, daß sie nicht mehr daran denken, solche Briefe zu schreiben, deren Wirkungslosigkeit sie erfahren haben.

Im Schatten junger Mädchenblüte, S. 89

Die Wirklichkeit, die ich einst gekannt hatte, gab es nicht mehr. Es genügte, daß Madame Swann nicht mehr als immer die gleiche im gleichen Augenblick unter ihren Bäumen erschien, und schon war die Avenue eine andere geworden. Die Stätten, die wir gekannt haben, sind nicht nur der Welt des Raums zugehörig, in der wir sie uns denken, weil es bequemer für uns ist. Sie waren nur ein schmaler Ausschnitt aus den einzelnen Eindrücken, die unser Leben von damals bildeten; die Erinnerung an ein bestimmtes Bild ist nur wehmutsvolles Gedenken an einen bestimmten Augenblick; und die Häuser, Straßen, Avenuen sind flüchtig, ach! wie die Jahre.

Unterwegs zu Swann, S. 616

Kunst und Natur

Die Gotik aber wurde mir um so lebendiger, als ich sie nun losgelöst von den Städten erblickte, wo ich sie im Geiste bislang stets gesehen hatte, und mir vorstellen konnte, wie sie in einem bestimmten Fall auf den wilden Felsen Wurzel geschlagen und die zarte Blüte eines Glockenturms in die Höhe getrieben hatte. Später konnte ich im Museum Reproduktionen der berühmtesten Bildwerke von Balbec sehen: die gelockten Apostel mit den stumpfen Nasen, die Heilige Jungfrau des Portals, und vor Freude stockte mir der Atem bei dem Gedanken, sehen zu können, wie ihre Gestalt aus dem ewigen, salzigen Nebel hervortritt. Von da an verband sich in mir an den stürmischen und doch milden Februarabenden – wenn der Wind mir den Plan einer Reise nach Balbec ins Herz blies, das er nicht weniger zum Beben brachte als meinen Schlafzimmerkamin – die Sehnsucht nach gotischer Architektur mit der nach einer Sturmflut am Meer.

Unterwegs zu Swann, S. 556

Auf allen Gebieten hat ja unsere Zeit die Manie, uns die Dinge nur in ihrer natürlichen Umgebung vor Augen führen zu wollen und damit das Wesentliche zu unterschlagen, nämlich den geistigen Vorgang, der sie aus jener heraushob. Man »präsentiert« ein Bild inmitten von Möbeln, Nippsachen und Tapeten aus derselben Epoche, einer belanglosen Einrichtung, die eine gestern noch völlig unwissende Hausherrin in den Stadthäusern von heute tadellos zusammenstellt, denn jetzt verbringt sie ihre Tage in Archiven und Bibliotheken, und in der uns das Meisterwerk, das man während des Abendessens betrachtet, nicht mehr das gleiche berauschende Glücksgefühl schenkt, das man von ihm nur in einem Museumssaal erwarten kann, der in seiner nüchternen Enthaltung von allen Details viel besser die inneren Räume symbolisiert, in die sich der Künstler zurückgezogen hat, um es zu erschaffen.

Im Schatten junger Mädchenblüte, S. 312

Sonnenaufgänge gehören zu langen Eisenbahnfahrten wie hartgekochte Eier, illustrierte Zeitungen, Kartenspiele und Flüsse, auf denen Kähne sich abmühen, ohne vorwärtszukommen. In einem Moment, da ich die Gedanken zusammensuchte, die in den vorangehenden Minuten mein Hirn durchkreuzt hatten, um festzustellen, ob ich geschlafen hätte oder nicht, sah ich im Ausschnitt des Fensters über einem kleinen schwarzen Gehöft fransige Wolken, deren leichter Flaum von einem stumpfen, leblosen Rosa war, das unveränderlich wirkte wie das auf den Federn eines Flügels, wo es ein für allemal so und nicht anders ist, oder auf dem Pastell, wo die Phantasie des Malers es endgültig festgelegt hat. Doch fühlte ich, daß diese Farbe aber weder tote Materie noch zufällige Laune, sondern Notwendigkeit und Leben war. Bald häuften sich hinter ihr große Reserven an Licht. Sie belebte sich, der Himmel ging in ein kräftiges Rot über, das ich mit dicht an die Scheiben gedrückten Augen besser zu sehen versuchte, denn ich fühlte, daß es in engem Zusammenhang mit dem tiefen Leben der Natur stand.

Im Schatten junger Mädchenblüte, S. 327

Doch wenn diese Namen sich für alle Zeiten mit der inneren Anschauung tränkten, die ich von jenen Stätten besaß, so doch nur, weil sie sie umwandelten und ihre Wiederkehr vor meinem geistigen Auge ihrem Gesetz unterstand; sie stellten sie mir so schöner und anders dar, als normannische oder toskanische Städte es in Wirklichkeit sein können, vermehrten dadurch die von meiner Phantasie willkürlich erfundenen Freuden und bereiteten um so schwerere künftige Enttäuschungen für meine Reisen vor. Sie gaben mir von gewissen Stätten der Erde eine übersteigerte Vorstellung ein, indem sie sie einzigartiger und folglich wirklicher machten. Ich stellte mir damals Städte, Landschaften oder Baudenkmäler nicht so vor, als seien sie hier und da wie mehr oder weniger erfreuliche Bilder aus einer gleichen Materie herausgeschnitten, sondern so, als sei jedes einzelne etwas Unbekanntes, von allen anderen grundlegend Verschiedenes, ein Etwas, nach dem meine Seele dürstete und das sie mit Gewinn in sich aufnehmen würde.

Unterwegs zu Swann, S. 559

Die Erwartung des Abendessens in Rivebelle versetzte mich in eine noch frivolere Stimmung, und meine Gedanken, die in solchen Augenblicken nur die Oberfläche meines Körpers bewohnten, den ich gleich darauf bekleiden würde, um den weiblichen Blicken, denen ich mich sehr bald in dem hellbeleuchteten Restaurant aussetzen würde, möglichst angenehm zu sein, waren gänzlich außerstande, Tiefe hinter der Farbe der Dinge zu sehen. Und wenn unter meinen Fenstern der unermüdliche, sanftgleitende Flug der Segler und Schwalben nicht wie ein Springbrunnen aufgestiegen wäre, wie ein lebendiges Feuerwerk, dessen Sprühen das reglose weiße Band langer, horizontaler Fahrspuren zusammenhielt – ohne das bezaubernde Wunder dieser lokalen Naturerscheinung, das die Ansichten, die ich vor Augen hatte, der Wirklichkeit verhaftete –, hätte ich meinen können, jene seien nur eine jeden Tag erneuerte Auswahl von Gemälden, die an dem Ort, an dem ich mich befand, auf willkürliche Weise und ohne eigentlichen Zusammenhang mit ihm, gezeigt würde. Das eine Mal war es eine Ausstellung japanischer Holzschnitte: eine winzige Einbuchtung stellte die Sonne dar; sie war rot und rund wie der Mond; daneben sah eine gelbe Wolke aus wie ein See, vor dem sich schwarze Schwerter wie die Bäume seines Ufers abzeichneten; ein Querstrich von zartem Rosa, wie ich es seit meinem ersten Farbkasten nicht mehr gesehen hatte, schwoll an wie ein Fluß, an dessen beiden Ufern Boote auf dem Sand zu warten schienen, daß man sie wieder ins Wasser schob. Mit dem achtlosen, gelangweilten und frivolen Blick eines Kunstliebhabers oder einer Frau, die zwischen zwei Anstandsvisiten in eine Galerie hineinschaut, sagte ich mir dann: Merkwürdig dieser Sonnenuntergang heute, so ganz anders als sonst; doch habe ich solche zarten, solche erstaunlichen Töne auch schon früher gesehen.

Im Schatten junger Mädchenblüte, S. 545 f.

Ein größeres Vergnügen bereiteten mir die Abende, an denen ein vom Horizont aufgesaugtes, verflüssigtes Schiff so genau dieselbe Farbe wie er angenommen hatte, wie in einem impressionistischen Bild, daß es auch aus demselben Stoff wie er zu bestehen schien, ganz als habe man einfach Rumpf und Takelwerk als hauchdünnes Filigran aus dem dunstigen Himmelsblau herausgeschnitten. Manchmal füllte das Meer beinahe mein ganzes Fenster aus; durch einen Streifen Himmel gleichsam aufgestockt, war es an einem oberen Rand nur durch eine Linie eingefaßt, die vom gleichen Blau war wie das Meer, weshalb ich glaubte, sie gehöre noch zum Meer und ihre andersartige Farbe sei lediglich einem Lichteffekt zu verdanken. An einem anderen Tag war das Meer nur im unteren Teil des Fensters gemalt, dessen ganze übrige Partie von so vielen in horizontalen Lagen ineinandergeschobenen Wolken ausgefüllt war, daß die Fensterscheiben aussahen, als enthielten sie aus einer besonderen Absicht des Künstlers heraus oder weil dies nun einmal seine Spezialität war, eine »Wolkenstudie«, während die Glasscheiben der Wandregale ähnliche Wolken, aber an einer anderen Stelle des Horizonts sowie in andersfarbigen Schattierungen zeigten und damit wie die bei gewissen zeitgenössischen Meistern beliebte Wiederholung des gleichen Motivs zu verschiedenen Tagesstunden wirkten, die nun in der Unbewegtheit der bildenden Kunst alle gleichzeitig im gleichen Raum in Pastell ausgeführt unter Glas betrachtet werden konnten.

Im Schatten junger Mädchenblüte, S. 546

Er weiß, wenn er ein Romanschriftsteller ist, welche Situationen, und wenn er Maler ist, welche Landschaften ihm den Stoff liefern, der an sich ganz unwichtig, aber doch für seine Tätigkeit so nötig wie ein Laboratorium oder eine Werkstatt ist. Er weiß, daß er seine Meisterwerke mit gedämpften Lichteffekten, mit Gewissensbissen, die einen Fehltritt unter anderen Aspekten erscheinen lassen, oder mit Frauen schafft, die statuengleich unter Bäumen oder halb in einem Gewässer plaziert sind. Der Tag wird kommen, an dem er infolge der Abnutzung seines Hirns, angesichts dieser stofflichen Voraussetzungen, die sein Genie sich zunutze machte, nicht mehr die Kraft für die geistige Anstrengung, aus der allein das Werk entstehen kann, aufbringen, gleichwohl aber fortfahren wird, diese Voraussetzungen zu suchen, und glücklich ist, in ihrer Nähe zu leben, wegen der Steigerung seines geistigen Seins, die ihn zur Arbeit antreibt und durch jene Voraussetzungen zustande kommt; zugleich aber, weil er ihnen mit einer Art von abergläubischer Scheu gegenübersteht, als seien sie anderen überlegen, als sei in ihnen bereits das Kunstwerk zum guten Teil und gleichsam schon ausgeführt enthalten, geht er dann nicht mehr weiter als bis zu dem Aufsuchen und der verehrenden Betrachtung solcher Modelle.

Im Schatten junger Mädchenblüte, S. 613

In der Musik, die ich bei Madame Verdurin gehört hatte, wurden zunächst von mir nicht bemerkte Themen – anfänglich dunklen, noch unerkennbaren Larven gleich – zu glanzvollen Architekturen, manche auch zu Freunden, die ich kaum erkannt, die mir im besten Falle häßlich erschienen waren und mit denen es mir wie mit zunächst unsympathischen Leuten ging, von denen man nicht glaubt, daß sie so sind, wie sie sich einem zeigen, sobald man sie einmal näher kennt. Zwischen den beiden Phasen fand eine tiefgreifende Wandlung statt. Andererseits entdeckte ich Themen, die sich mir das erste Mal wohl deutlich dargestellt hatten, ohne daß ich sie zunächst jedoch erkannte, jetzt auch in anderen Werken. Andererseits war jenes Thema, das mir zunächst zu wenig melodisch, allzu mechanisch von der schwankenden Freude der Mittagsglocken rhythmisiert erschienen war, jetzt für mich dasjenige, das ich am meisten liebte, wobei ich nicht weiß, ob ich mich nun an seine Häßlichkeit gewöhnt oder seine Schönheit entdeckt hatte. Diese Reaktion auf die Enttäuschung, die Meisterwerke einem zunächst bereiten, kann man tatsächlich einer Abschwächung des ersten Eindrucks oder aber dem Bemühen zuschreiben, das nun einmal notwenig ist, um die Wahrheit zu erkennen.

Die Gefangene, S. 534f.

Unter zwei Hypothesen, die sich bei allen wichtigen Fragen, den Fragen nach der Wirklichkeit der Kunst, der Wirklichkeit überhaupt, der Ewigkeit der Seele einstellen, muß man seine Wahl treffen; bei der Musik Vinteuils aber stellte sich die Frage dieser Wahl jeden Augenblick unter verschiedensten Formen. Diese Musik zum Beispiel schien mir wahrer als alle bekannten Bücher. In gewissen Augenblicken dachte ich, es rühre daher, daß alles, was wir im

Leben fühlen, da es ja nicht in Gestalt von Ideen auftritt, durch seine Umsetzung ins Literarische, das heißt vom Intellekt Gestaltete, berichtet, erklärt, analysiert, jedoch nicht wieder zu einem Ganzen zusammengefügt wird, wie es durch die Musik geschieht, in der die Töne offenbar direkt von der Persönlichkeit moduliert werden und den allerinnersten Ort des Gefühls zum Ausdruck bringen, jenes Allerinnerste, das uns den spezifischen Rauschzustand schenkt, in den wir von Zeit zu Zeit geraten, den wir aber, wenn wir sagen: »Welch schönes Wetter! Welch schöner Sonnenschein!« unserem Nächsten keineswegs vermitteln, in dem die gleiche Sonne und das gleiche Wetter ganz andere Schwingungen erzeugen.

Die Gefangene, S. 535 f.

Es ist aber unmöglich, daß ein Bildwerk oder ein Musikstück, wenn sie uns eine innere Bewegung schenken, die wir als etwas Höheres, Reineres, Wahreres empfinden, nicht einer bestimmten geistigen Wirklichkeit entsprechen, denn sonst hätte das Leben keinen Sinn.

Die Gefangene, S. 536

Die Idee einer populären Kunst schien mir ebenso wie die einer patriotischen Kunst wenn nicht gefährlich, so doch auf alle Fälle lächerlich. Wenn dabei die Absicht bestand, die Kunst dem Volk zugänglich zu machen, indem man die Verfeinerungen der Formen, die nur »für Müßiggänger da sind«, opferte, so hatte ich jedenfalls genügend mit Damen und Herren der feinen Gesellschaft verkehrt, um zu wissen, daß sie die wahrhaft Ungebildeten sind und nicht die Elektriker.

Die wiedergefundene Zeit, S. 290

Das kleine Thema nämlich sah darin, welche Meinung es auch über die kurze Dauer solcher Seelenzustände haben mochte, nicht wie alle diese Leute etwas weniger Ernstes, als das wirkliche Leben es ist, sondern im Gegenteil etwas so weit Darüberstehendes, daß nur dies allein sich auszudrücken lohnte. Gerade diese Reize einer zuinnerst gefühlten Trauer versuchte es nachzubilden, ja von neuem zu schaffen, und zwar in ihrem tiefsten Wesen, obgleich dieses doch darin besteht, daß sie nicht mitteilbar sind und jedem anderen als dem, der sie an sich erlebt, eitel erscheinen müssen; das kleine Thema hatte dieses Wesen erfaßt und sichtbar gemacht. Deshalb zwang es alle, den Wert dieser Reize zu bekennen, und ließ alle deren göttliche Süße kosten, alle jene selben Anwesenden – sofern sie auch nur ein wenig musikalisch waren –, die sie hinterher im Leben, jedes Mal, wenn sie in ihrer Nähe eine einzelne Liebe aufkeimen sähen, nicht erkennen würden. Sicher konnte die Form, in der diese Reize fixiert waren, nicht vernunftmäßig aufgelöst werden. Doch seit mehr als einem Jahr, nachdem die Liebe zur Musik, die ihm so viele Reichtümer seiner Seele offenbart hatte, wenigstens für einige Zeit in ihm aufgekommen war, hielt Swann die musikalischen Motive für wirkliche Ideen aus einer anderen Welt, einer anderen Ordnung angehörig, von Dunkel eingehüllte, unbekannte, mit den Mitteln des Geistes nicht zugängliche Ideen, die dadurch jedoch nicht weniger voneinander unterschieden waren, ungleich an Bedeutung und Wert.

Unterwegs zu Swann, S. 504 f.

Er wußte, daß sogar noch das Erinnerungsbild des Klaviers den Hintergrund fälschte, auf dem er die Dinge der Musik sich bewegen sah, daß das eigentliche Feld, das dem Musiker offensteht, nicht eine schäbige Klaviatur von sieben Tönen, sondern eine unermeßliche, noch beinahe völlig unbekannte Klaviatur ist, in der nur hier und da, durch dichtes, unerforschtes Dunkel voneinander getrennt, einige ihrer Millionen Klangtasten der Zärtlichkeit, der Leidenschaft, der Tapferkeit, der Heiterkeit, jede so verschieden von den anderen wie eine Welt von einer anderen Welt, von einigen großen Künstlern entdeckt worden sind, die in uns etwas dem von ihnen gefundenen Thema Entsprechendes erwecken und uns dadurch den Dienst erweisen, uns zu zeigen, welchen Reichtum und welche Vielfalt, ohne daß wir uns dessen bewußt wären, jene tiefe, unbetretene und entmutigende Nacht unserer Seele birgt, die wir für Leere halten und für Nichts. Vinteuil war ein solcher Komponist gewesen. Obwohl sein kleines Thema der Vernunft eine dunkle Oberfläche darbot, spürte man darin einen so treffenden, so unzweideutigen Inhalt, dem es eine so neue und originale Kraft verlieh, daß alle, die es gehört hatten, es da in sich aufbewahrten, wo die Ideen des Geistes ihre Stätte haben.

Unterwegs zu Swann, S. 505 f.

Welch einen schönen Dialog zwischen Klavier und Geige hörte Swann zu Beginn des letzten Stücks! Das Weglassen menschlicher Worte ließ die Phantasie mitnichten, wie man hätte glauben können, unbeschränkt herrschen, sondern hatte sie ausgeschaltet; niemals noch war die gesprochene Rede so unbeugsam durch Notwendigkeit bestimmt, kannte sie in solchem Maße die Eindeutigkeit der Fragen, die Evidenz der Antworten darauf. Erst klagte das Klavier wie in Verlassenheit gleich einem Vogel, der seine Gefährtin vermißt; die Geige hörte und gab Antwort wie von einem benachbarten Baum. Es war wie am Anfang der Welt, als gäbe es noch nichts als diese beiden Wesen auf Erden, oder vielmehr in jener für alles andere verschlossenen, aus der Logik eines Schöpfers gebauten Welt, in der nur immer sie beide existieren würden, in der Welt nämlich dieser Sonate.

Unterwegs zu Swann, S. 508 f.

Es gibt keine Idee, die nicht die Möglichkeit einer Widerlegung, kein Wort, das nicht sein Gegenwort in sich trüge.

Die Flüchtige, S. 278

Doch bei einer etwas komplizierteren Musik, die man zum erstenmal hört, hört man oft zunächst nichts. Als mir später jedoch die Sonate zwei- oder dreimal vorgespielt wurde, war sie mir schließlich völlig vertraut. Deshalb ist auch die Wendung so berechtigt: »zum erstenmal hören«. Hätte man wirklich, wie man meint, beim ersten Anhören überhaupt nichts herausgehört, würde das zweite oder dritte Anhören wiederum ein erstes Mal sein, und es wäre nicht einzusehen, weshalb man beim zehnten Mal plötzlich etwas begriffen haben sollte. Was das erste Mal fehlt, ist offenbar nicht das Verständnis, sondern das Gedächtnis. Dieses ist, verglichen mit der komplexen Beschaffenheit der Eindrücke, mit denen es beim Zuhören zu tun hat, so dürftig und so beschränkt wie das Gedächtnis eines Schlafenden, der an tausend Dinge denkt, sie aber gleich wieder vergißt, oder eines kindischen Alten, der nach einer Minute nicht mehr weiß, was man ihm eben gesagt hat. Das Gedächtnis ist nicht imstande, uns von so vielfältigen Eindrücken auf der Stelle ein Erinnerungsbild zu liefern. Dieses bildet sich nach und nach; und mit Werken, die man zwei- oder dreimal gehört hat, geht es einem wie dem Schüler, der vor dem Einschlafen mehrmals eine Lektion durchgelesen hat, die er nicht zu können meinte und die er am Morgen auswendig hersagen kann. Nur hatte ich bis zu diesem Tage noch nichts von der Sonate gehört, und da, wo Swann und seine Frau deutlich ein Thema erkannten, war dieses für mich so ungreifbar wie ein Name, an den man sich zu erinnern sucht und an dessen Platz man nur ein Nichts konstatieren kann – ein Nichts freilich, aus dem eine Stunde später, ohne daß man daran denkt, mit einem Schlag die Silben, nach denen man vorher vergeblich gesucht hat, von selbst hervorquellen werden. Und es ist nicht nur so, daß man wirklich erlesene Werke nicht beim ersten Mal behält, sondern auch innerhalb dieser Werke – so erging es mir mit der Sonate von Vinteuil – sind es gerade die am wenigsten kostbaren Stellen, die man zuerst in sein

Bewußtsein aufnimmt. So bestand meine Täuschung nicht nur darin, daß ich dachte, das Werk habe mir nichts weiter zu geben (woraufhin ich lange gar keinen Versuch unternahm, es von neuem zu hören), nachdem Madame Swann mir das berühmte Thema daraus vorgespielt hatte (ich war in dieser Hinsicht ebenso töricht wie diejenigen, die sich keine Überraschung mehr von der Markuskirche in Venedig versprechen, weil sie die Form ihrer Kuppeln schon von Photographien her kennen). Vielmehr blieb mir die Sonate auch noch dann, als ich sie von Anfang bis zu Ende angehört hatte, als Ganzes fast unsichtbar wie ein Bauwerk, von dem man wegen des Nebels oder der großen Entfernung nur einzelne Partien undeutlich wahrnehmen kann. Daher auch die Schwermut, die der Kenntnis solcher Werke anhaftet wie allem, was zu seinem Zustandekommen an die Zeit gebunden ist.

Im Schatten junger Mädchenblüte, 149f.

Da im übrigen alles Neue auf der Voraussetzung vorherigen Eliminierens des Klischees beruht, an das wir gewöhnt waren und das wir für die Wirklichkeit selbst hielten, wird jede neue Art der Unterhaltung ebenso wie jede originale Malerei oder Musik immer gekünstelt und ermüdend erscheinen. Sie verwendet Figuren, an die wir nicht gewöhnt sind, der Sprecher scheint uns nur in Metaphern zu reden, was ermattend wirkt und den Anschein mangelnder Wahrhaftigkeit erweckt.

Im Schatten junger Mädchenblüte, S. 180f.

Trotz der großen Bewunderung, die Swann jenen Figuren Giottos entgegenbrachte, hatte ich doch lange Zeit kein Vergnügen daran, in unserer Studierstube, in der die Abzüge angeheftet waren, die er mitgebracht hatte, jene Caritas ohne Liebe zu betrachten oder jene Invidia, die nur wie eine Tafel in einem medizinischen Lehrbuch die Kompression der Stimmritze oder des Zäpfchens durch einen Zungentumor oder die Einführung eines chirurgischen Instruments zu veranschaulichen schien, eine Gerechtigkeit, deren graues, ausdrucklos regelmäßiges Gesicht genau das gleiche war, wie es in Combray gewissen hübschen, frommen und gefühlsarmen Bürgersfrauen eignete, die ich bei der Messe traf und von denen mehrere bereits Anwärterinnen auf einen Platz im Reservekorps der Ungerechtigkeit waren. Später erst habe ich begriffen, daß die faszinierende Fremdheit, die besondere Schönheit dieser Fresken gerade darauf beruhte, daß in ihnen das Symbol einen so großen Raum einnahm und daß die Tatsache, daß es nicht als Symbol – da der versinnbildlichte Gedanke nicht als solcher ausgedrückt war –, sondern als Faktum dargestellt wurde, als wirklich erlebt und materiell gehandhabt, der Bedeutung des Werks etwas Wörtlicheres und Eindeutigeres und der Lehre, die man daraus zog, etwas Konkreteres und Überzeugenderes verlieh. Wurde nicht auch bei dem bedauernswerten Küchenmädchen die Aufmerksamkeit durch das Gewicht, das ihn hinunterzog, auf den Bauch gelenkt; und ebenso wendet sich auch sehr oft das Denken der Sterbenden ganz der wirklichen, schmerzvollen, tiefen, körperlichen Seite, jener Kehrseite des Todes zu, die er ihnen darbietet, die er sie grausam spüren läßt und die viel mehr einer Last gleicht, unter der sie zusammenbrechen, einer Schwierigkeit zu atmen, einem Bedürfnis zu trinken, als dem, was wir die »Idee des Todes« nennen.

Unterwegs zu Swann, S. 121 f.

Der Tag, an dem ich, während mein Vater den Familienrat wegen der Begegnung mit Legrandin befragte, in die Küche hinunterging, war jedoch einer derjenigen, an dem die Caritas von Giotto, noch sehr mitgenommen von ihrer vor kurzem erfolgten Niederkunft, nicht hatte aufstehen können; ohne alle Hilfe war Françoise mit der Arbeit im Rückstand. Als ich unten ankam, war sie gerade dabei, im Küchenanbau, der auf den Hühnerhof ging, einem Hähnchen den Garaus zu machen, das in seiner verzweifelten, sehr begreiflichen Gegenwehr, die von der zutiefst empörten Françoise, während sie ihm den Hals unterhalb der Ohröffnung zu durchschneiden versuchte, mit dem Ausruf: »Mistvieh, elendiges Mistvieh!« begleitet wurde, die Sanftmut und schmelzende Güte unserer Dienerin in einem weniger vorteilhaften Licht erscheinen ließ als am folgenden Tag, wo es in seiner nach Art eines Meßgewandes mit Gold inkrustierten Haut und seinem köstlichen, wie aus einem Ciborium rinnenden Saft auf der Tafel figurierte. Als es endlich tot war, wischte Françoise das Blut auf, das ihren Groll offenbar nicht hatte ersäufen können; vielmehr bekam sie einen erneuten Wutanfall, und mit einem Blick auf den Leichnam ihres Feindes rief sie noch einmal: »Mistvieh, elendiges!«

Unterwegs zu Swann, S. 178 f.

Wie eine Photographie von Odette stellte er auf seinem Arbeitstisch eine Reproduktion der Tochter Jethros auf. Er bewunderte die großen Augen, das zarte Gesicht, das auf die Unvollkommenheit der Haut schließen ließ, das Haar, das in herrlichen Locken an den müden Wangen niederglitt, und indem er das, was er bislang im rein ästhetischen Sinne schön gefunden hatte, auf die Vorstellung von einer lebenden Frau übertrug, machte er körperliche Vorzüge daraus, die in einem Wesen vereinigt zu finden, das er besitzen konnte, er sich beglückwünschte. Aus der unbestimmten Sympathie, die uns zu einem Meisterwerk hinzieht, das wir betrachten, wurde nun, da er das fleischgewordene Original der Tochter Jethros kannte, ein Verlangen, wie es Odettes Körper ihm zunächst nicht hatte einflößen können. Wenn er den Botticelli lange genug betrachtet hatte, dachte er an seinen Botticelli, den er noch schöner fand, und während er die Photographie der Sephora näher an sich heranzog, glaubte er, Odette ans Herz zu drücken.

Unterwegs zu Swann, S. 327

Diese Liebe zu einem musikalischen Thema schien in Swann sogar einen Augenblick lang eine Art von Verjüngung bewirken zu können. So lange schon hatte er darauf verzichtet, sein Leben auf ein ideales Ziel zu richten, hatte es vielmehr so ganz auf eine Abfolge von täglich sich erneuernden Befriedigungen abgestellt, daß er, ohne es sich jemals ausdrücklich zu sagen, die Meinung hegte, es werde bis zu seinem Ende immer so weitergehen; ja mehr noch: da er sich im Geiste nicht mehr mit großen Gedanken beschäftigte, hatte er aufgehört, an ihre Realität zu glauben, ohne daß er diese geradezu leugnete.

Unterwegs zu Swann, S. 306

An jenem Morgen, als ich nicht mehr wie an den vorhergehenden Tagen den Regen rauschen hörte, sondern das schöne Wetter in den Ecken der geschlossenen Vorhänge lächeln sah wie die Winkel eines zugepreßten Mundes, der dennoch das Geheimnis seines Glückes nicht für sich behalten kann, hatte ich deutlich gespürt, daß ich jenes gelbe Laub vom Licht durchstrahlt in seiner äußersten Schönheit werde sehen können; ich konnte es ebensowenig aushalten, nicht alsbald die Bäume anschauen zu gehen, wie einst, wenn der Sturm allzu stark in meinem Schornstein tobte, nicht an das Meer zu reisen, und hatte mich durch den Bois de Boulogne auf den Weg zum Trianon gemacht. Es war die Stunde und die Jahreszeit, in der der Bois vielleicht am mannigfaltigsten wirkt, nicht nur, weil er stärkere Unterteilungen erkennen läßt, sondern mehr noch, weil es andere sind als sonst. Selbst an den offenen Stellen, wo man eine gewisse Weite überblickt, hob sich wie auf einem eben erst in Angriff genommenen Bühnenbild hier und da vor dem dunklen, weit zurückversetzten Hintergrund von Bäumen, die kein Laub mehr hatten oder noch ihr Sommerlaub besaßen, als hätte der Dekorateur erst diesen Teil fertiggestellt und das übrige noch nicht in Farben angelegt, eine doppelte Reihe orangefarbener Kastanien ab und bot ihre in vollem Licht liegende Allee als Schauplatz für den

Spaziergang von Personen dar, die erst später hinzugefügt werden sollten.

Unterwegs zu Swann, S. 608

So war dies die Jahreszeit, in der der Bois de Boulogne am meisten verschiedene Baumarten erkennen läßt und am meisten unterschiedliche Partien zu einem buntscheckigen Ganzen zusammenstellt. Auch die Stunde half dabei mit. An den Stellen, wo die Bäume noch ihren Laubschmuck trugen, schienen sie eine stoffliche Veränderung von der Linie an zu erfahren, wo das Licht der Sonne sie traf, horizontal am Morgen und dann noch einmal einige Stunden später, wenn es im Augenblick der beginnenden Dämmerung sich wie eine Lampe entzündet und von fernher auf das Laubwerk einen künstlichen, sengenden Schein fallen läßt und die letzten Blätter eines Baumes, der selbst der unbrennbare, farblose Kandelaber seines lodernden Wipfels bleibt, in Flammen zu setzen schien. Hier brannte es die Kastanienblätter ziegelhart und klebte sie wie ein gelbes persisches Mauerwerk mit blauen Ornamenten derb auf den Himmel auf, dort löste es sie im Gegenteil von ihm ab, derweil sie ihm ihre gekrümmten goldenen Finger entgegenreckten.

Unterwegs zu Swann, S. 609

Efeu eines Augenblicks! Flüchtige Mauerflora! Für viele die farbloseste, trübseligste aller Pflanzen, die eine Mauer erklettern oder ein Fenster umrahmen können, für mich aber von allen die liebste seit dem Tag, an dem sie auf unserem Balkon erschienen war, gleichsam als der eigentliche Schatten von der Gegenwart Gilbertes. Sanfter, wärmer als Moos lag sie auf dem Stein; eine perennierende Pflanze, die schon von einem einzigen Sonnenstrahl ins Leben gerufen wird und Freude selbst mitten im Winter aufblühen läßt.

Unterwegs zu Swann, S. 572 f.

Vielleicht gerade weil die Fülle der Eindrücke, von denen er seit einiger Zeit bewegt wurde, eine Fülle, die ihm aber eher aus der Liebe zur Musik erwachsen war, sogar seine Neigung zur Malerei neu belebt hatte, war sein Vergnügen tiefer, und es sollte auf Swann einen nachhaltigen Einfluß ausüben, das Vergnügen, das er in diesem Augenblick in der Ähnlichkeit Odettes mit der Sephora jenes Sandro di Mariano fand, dem man eher seinen geläufigen Beinamen Botticelli gibt, seit dieser an Stelle des wahren Werkes dieses Malers die banale und falsche Vorstellung, die man sich gemeinhin von ihm macht, heraufbeschwört. Er schätzte jetzt Odettes Gesicht nicht mehr nach der mehr oder weniger guten Beschaffenheit ihrer Wangen und nach der rein fleischlichen Weichheit ein, die er, wenn er sie mit seinen Lippen berührte, spüren zu müssen annahm, falls er es überhaupt je wagen sollte, sie zu küssen, sondern als ein meisterhaft geführtes, schönes Linienwerk, dem seine Blicke folgten, indem sie seine verwickelten Kurven von der Neigung des Nackens bis zum Ansatz des fließenden Haares und der Wölbung der Augenlider begleiteten wie in einem Porträt von ihr, das ihren Typus erst klar und verständlich herausgestellt hätte.

Unterwegs zu Swann, S. 325

Bald wurden die Tage kürzer, und in dem Augenblick, da ich das Zimmer betrat, neigte sich der violette Himmel, der von der Sonne wie von einer starren, geometrischen, nur für kurze Zeit sichtbaren und flammenden Gestalt stigmatisiert schien (wie in der Darstellung eines Wunderzeichens, einer mystischen Erscheinung), im Scharnier des Horizonts wie ein religiöses Bildwerk über dem Hauptaltar dem Meer zu, während die verschiedenen Teile des Sonnenuntergangs, die in den Spiegeln der niedrigen Bücherschränke aus Mahagoniholz entlang den Zimmerwänden ausgestellt waren und die ich im Geiste mit dem wunderbaren Bildwerk verband, von dem sie losgelöst waren, mir wie jene mannigfaltigen Szenen vorkamen, mit denen irgendein alter Meister einst für eine Brüderschaft einen Schrein ausgeschmückt hat, dessen voneinander getrennte Teile einer neben dem anderen in einem Museumssaal zur Schau gestellt werden und nur durch die Phantasie des Betrachters an ihren Platz in der Predella des Retabels zurückversetzt werden. Ein paar Wochen später war, wenn ich abends heraufkam, die Sonne schon untergegangen. Ähnlich jenem, den ich in Combray über dem Kalvarienberg sah, wenn ich vom Spaziergang zurückkehrte und mich anschickte, vor dem Abendessen in die Küche zu gehen, war es nun ein roter Himmelsstreifen über dem Meer, kompakt und glattgeschnitten wie Fleischgelée, und bald darauf war es – über dem schon kalt und blau wie eine Seebarbe daliegenden Meer – der Himmel von demselben Rosa wie einer der Lachse, die wir uns alsbald in Rivebelle würden servieren lassen, der in mir das freudige Gefühl erweckte, das ich etwas später beim Umkleiden für die Ausfahrt zum Abendessen empfinden würde. Über der See, ganz nah am Strand, suchten – einander übersteigend und immer breiter gestaffelt – Schwaden sich zu erheben, von pechschwarzer Färbung, doch auch glänzend und fest wie Achat und von sichtbarer Schwere, denn die obersten neigten sich bis über den Schwerpunkt auf den verformten Stielen derjenigen hinaus, die ihnen so lange als Stütze gedient hatten, und schienen das schon bis zur halben Höhe des Himmels reichende Gerüst mit sich reißen und ins Meer stürzen zu wollen. Der Anblick eines Schiffes, das sich wie ein Reisender in der Nacht entfernte, versetzte mich in dieselbe Stimmung, wie ich sie damals in der Eisenbahn gehabt hatte, als ich mich von der Notwendigkeit des Schlafes und dem Eingeschlossensein in ein Zimmer erlöst fühlte. In diesem hier fühlte ich mich ja auch nicht eingesperrt, da ich es in einer Stunde verlassen und mich in den Wagen setzen würde. Ich warf mich auf mein Bett, und als befände ich mich in der Koje eines der Schiffe, die ich ganz in meiner Nähe erblickte und die man in der Nacht mit Staunen weitergleiten sähe wie dunkel gewordene, schweigende Schwäne, die jedoch nicht schlafen, war ich allseits von den Bildern des Meeres umgeben.

Im Schatten junger Mädchenblüte, 543 f.

Machen Sie sich nicht allzusehr lustig über diesen idealistischen Jargon; was ich sagen will, ist, daß ich das Leben sehr geliebt habe und die Künste auch. Gut, gut. Jetzt, wo ich etwas zu müde bin, um mit anderen zu leben, scheinen mir diese alten, mir so ganz allein zugehörigen Gefühle, die ich durchlebt habe, wie es nun einmal die Manie aller Sammler ist, von großem Wert. Ich schließe mir selbst mein Herz auf, als wäre es eine Vitrine, und betrachte nacheinander alle die Liebeserlebnisse, die anderen niemals widerfahren werden. Von dieser Sammlung aber, an der ich jetzt noch stärker hänge als an den anderen, sage ich mir ein wenig wie Mazarin mit Bezug auf seine Bücher – aber im übrigen ohne alle Bangigkeit –, daß es doch sehr ärgerlich sein wird, all das zu verlassen.

Sodom und Gomorrha, S. 156

Dem Geist sind Landschaften gegeben, deren Betrachtung ihm nur eine Zeitlang gestattet ist. Ich hatte gelebt wie ein Maler, der einen Weg hinaufgeht, unter dem ein See sich breitet, dessen Anblick ihm ein Vorhang aus Felsen und Bäumen verbirgt. Durch eine Lücke erblickt er ihn; er hat ihn doch ganz und gar vor sich; er greift zu einem Pinsel. Doch schon kommt die Nacht, in der man nicht mehr malen kann und über der sich kein neuer Tag erheben wird.

Die wiedergefundene Zeit, S. 508

Laster und Lüge

Nichts ist beschränkter als Lust und Laster. In diesem Sinn kann man tatsächlich sagen, wobei man den Sinn des Ausdrucks verändert, man bewege sich stets in einem Circulus vitiosus.

Die wiedergefundene Zeit, S. 200

Für denjenigen, der keine Leidenschaft empfindet, ist die Logik der Leidenschaft, selbst wenn sie tausendmal recht hat, nie unwiderlegbar.

Die wiedergefundene Zeit, S. 122

Wer wohl hätte dem bewegten, nervösen, reizvollen Stil, in dem Monsieur de Charlus den schumannähnlichen Teil der Sonate von Fauré spielte, anmerken können, daß eine Entsprechung dieses Stils – man wagt nicht zu sagen, seine Ursache – in rein physischen Regionen, in seinen nervösen Defekten lag? Wir werden später diesen Terminus der »nervösen Defekte« erklären wie auch die Tatsache, daß ein Grieche zur Zeit des Sokrates, ein Römer zur Zeit des Augustus den bewußten Typ darstellen und doch absolut normale Männer bleiben konnten, das heißt nicht zu Zwitterwesen wurden, wie man sie heute sieht. Ebenso wie er ganz reale künstlerische Anlagen, die nur nicht voll zur Entwicklung kamen, in sich barg, hatte Monsieur de Charlus, weit mehr als der Herzog, seine und dessen Mutter, aber auch seine Frau geliebt, und noch Jahre danach kamen ihm die Tränen, wenn man von ihr sprach, freilich ganz oberflächliche, die wie die Transpiration eines zu dikken Menschen waren, von dessen Stirn der Schweiß bei dem geringsten Anlaß perlt – mit dem Unterschied allerdings, daß man zu diesem sagt: Wie erhitzt Sie sind, während man bei den Tränen des anderen tut, als sehe man sie nicht. Man, das heißt die Gesellschaft; denn das Volk reagiert auf Tränen mit Besorgnis, wie wenn ein Schluchzen schwerwiegender als ein Blutsturz sei. Die Trauer, die auf den Tod seiner Gattin folgte, schloß bei Monsieur de Charlus, dank seiner Gewohnheit zu lügen, ein Leben nicht aus, das nur schlecht dazu paßte. Später scheute er sogar eine schamlose Andeutung darüber nicht, er habe während der Trauerzeremonie Mittel und Wege gefunden, den jugendlichen Ministranten nach Namen und Adresse zu fragen.

Sodom und Gomorrha, S. 519 f.

Man ist nicht sehr heikel und kein guter Richter in bezug auf das, woraus man sich nichts macht.

Im Schatten junger Mädchenblüte, S. 290

Cottard, der neben Monsieur de Charlus saß, blickte ihn, um die Bekanntschaft zu eröffnen und das Eis zu brechen, hinter seinem Kneifer mit einem Augenzwinkern an, das viel beharrlicher als früher und nicht mehr von Schüchternheitsanfällen unterbrochen war. Seine einladenden, noch dazu durch ein Lächeln verstärkten Blicke blieben nicht mehr hinter dem Glas des Kneifers, sondern fluteten an allen Seiten dahinter hervor. Der Baron, der sehr leicht überall seinesgleichen vermutete, zweifelte nicht, daß Cottard einer davon sei und ihm schöne Augen zu machen versuche. Sofort legte er dem Professor gegenüber die Härte des Homosexuellen an den Tag, der ebenso verachtungsvoll denjenigen entgegentritt, denen er selbst gefällt, wie er sich eifersüchtig um die bemüht, welche ihm gefallen. Obwohl ein jeder in irreführender Weise von dem Glück spricht, geliebt zu werden, einem Glück, das uns das Schicksal immer verwehrt, liegt es doch bestimmt in einem allgemeinen, nicht nur Menschen wie Charlus betreffenden Gesetz begründet, daß das Wesen, das wir nicht lieben, das uns aber liebt, uns unerträglich erscheint. Einem solchen Wesen, einer solchen Frau, von der wir auch nicht etwa sagen, daß sie uns liebt, sondern daß sie sich an uns hängt, ziehen wir dann die Gesellschaft jeder beliebigen anderen vor, auch wenn sie weder deren Charme noch ihre angenehmen Umgangsformen, noch ihren Geist besitzt. Sie selbst wird dies alles in unseren Augen erst wieder erlangen, wenn sie uns einmal nicht mehr liebt. In diesem Sinn könnte man in der Gereiztheit, die bei einem Homosexuellen ein Mann hervorruft, der ihm mißfällt, doch seine Nähe sucht, nur die bizarre Abwandlung einer allgemeinen Regel sehen. Nur ist die Gereiztheit viel stärker in diesem Fall. Während die meisten Menschen sie zu verbergen suchen, obschon sie sie verspüren, läßt sie der Homosexuelle den, der sie weckt, so unerbittlich merken, wie er das gewiß einer Frau gegenüber nie tun würde.

Sodom und Gomorrha, S. 468

Anders als früher darf man jetzt, wenn man in einem Restaurant seine Augen auf etwas Erfreulichem ruhen lassen will, nicht mehr die jungen Leute anschauen, die einen bedienen, sondern nur die Gäste, die sich dort befinden.

Die wiedergefundene Zeit, S. 150

Obwohl andere Gründe bei dieser Verwandlung von Monsieur de Charlus die Hauptrolle spielten, das heißt, rein physische Gärstoffe in ihm die Materie »fermentierten« und allmählich seinen Körper in die Kategorie eines Frauenkörpers überführten, hatte doch die Verwandlung, die wir hier konstatieren, ihren Ursprung im Geistigen. Wenn man sich krank glaubt, wird man es; man magert ab, hat nicht mehr die Kraft, sich zu erheben, und leidet an nervösen Darmstörungen. Wenn man mit zärtlichen Gefühlen an Männer denkt, wird man zu einer Frau, und ein – wenn auch nur eingebildetes – Frauenkleid behindert einem die Schritte. Die fixe Idee kann in solchen Fällen auf das Geschlecht (wie in anderen auf die Gesundheit) von Grund auf verändernd einwirken.

Sodom und Gomorrha, S. 453

Es ist mit der Gesellschaft wie mit sexuellen Neigungen, bei denen man nie weiß, in welche Perversionen sie ausarten können, sobald erst einmal ästhetische Gründe für ihre Wahl ausschlaggebend werden.

Die Gefangene, S. 334

Man wird moralisch, sobald man unglücklich ist.

Im Schatten junger Mädchenblüte, S. 292

Es bedeutete eine große Ruhe und eine geheimnisvolle Erneuerung für Swann – für ihn, dessen Augen, wiewohl zartsinnige Liebhaber der Malerei, und dessen Geist, wiewohl feiner Beobachter der Sitten, für immer die unauslöschliche Spur der Dürre seines Lebens an sich trugen –, sich in ein der Menschheit fremd gegenüberstehendes, blindes, aller logischen Fähigkeiten beraubtes Geschöpf verwandelt zu fühlen, sozusagen in ein legendenhaftes Einhorn, ein Fabelwesen, das die Welt nur mit dem Gehör wahrnimmt. Welch seltsamen Rausch fand er darin – da er in dem kleinen Thema einen Sinn suchte, in den sein Verstand nicht einzudringen vermochte –, seiner innersten Seele alle Hilfe vernunftbestimmten Denkens zu entziehen und sie allein durch den Gang, durch den dunklen Filter des Klangs hindurchgehen zu lassen. Er begann zu verspüren, wieviel Schmerzliches, vielleicht sogar im geheimen Unbeschwichtigtes doch der Süße dieses Themas zugrunde lag, doch er litt darunter nicht. Was machte es, daß es ihm sagte, die Liebe sei etwas Zerbrechliches, die seine war so stark! Er spielte mit der Trauer, die von ihm ausging, er fühlte sie über sich hinweggehen, doch mehr wie ein Streicheln, das das Bewußtsein seines Glücks nur tiefer und süßer machte. Er ließ es sich von Odette zehnmal, zwanzigmal vorspielen und verlangte dazu, daß sie ihn währenddessen weiter küßte. Jeder Kuß weckt den nächsten.

Unterwegs zu Swann, S. 345

Entledigen wir aber unsere Freuden der Phantasie, so reduzieren wir sie auf sich selbst und damit auf ein Nichts.

Im Schatten junger Mädchenblüte, S. 533

Im Verkehr mit Frauen suchte er immer derbere, bei den Kunstwerken immer raffiniertere Genüsse; so führte er ein kleines Dienstmädchen in eine abgeschirmte Parterreloge zur Aufführung eines dekadenten Stücks, das er gerne sehen wollte, oder in eine Impressionistenausstellung, im übrigen überzeugt, daß eine Dame der kultivierten Gesellschaft nicht mehr davon verstanden, aber nicht so reizend dazu geschwiegen hätte.

Unterwegs zu Swann, S. 358

Die Lüge ist das wichtigste und meist verwandte Werkzeug der Erhaltung.

Die Gefangene, S. 239

Vor allem aber muß man sich folgendes sagen: Einerseits ist die Lüge häufig ein Charakterzug; andererseits ist sie bei Frauen, die sonst nicht verlogen sind, eine natürliche, improvisierte, dann immer besser ausgebaute Verteidigungsstellung gegen jene plötzliche Gefahr, die imstande wäre, jedes Leben zu zerstören: die Liebe.

Die Flüchtige, S. 298

Eine lügenhafte Frau kann bestimmt mit einem sehr einfachen Trick und ohne daß sie sich je die Mühe machte, einen anderen zu ersinnen, eine ganze Reihe von Personen täuschen, vor allem aber, was noch mehr heißen will, gerade die Person, die ihn doch hätte durchschauen müssen. All das rückt einem solchen sensiblen Intellektuellen ein Universum vor Augen, dessen Abgründe seine Eifersucht ermessen möchte und dessen Tiefendimension auch sein Verstand nicht ohne Interesse betrachtet.

Die Flüchtige, S. 300

Neben der schlechten Gewohnheit, von sich selbst und seinen Untugenden zu sprechen, muß auch noch die damit eng zusammengehörige erwähnt werden, die darin besteht, bei anderen die Fehler aufzuzeigen, die genau denen entsprechen, die man selber hat. Von solchen Mängeln aber spricht man dann immerzu, denn es ist dies gleichsam eine abgewandelte Art, von sich selber zu reden, bei der zu der Lust des Sichselbstabsolvierens die des Bekennens tritt. Im übrigen scheint es so, als stelle unsere Aufmerksamkeit, die gern möglichst viel bei dem verweilt, was uns charakterisiert, dies eben auch mehr als alles sonst bei anderen Leuten fest. Ein Kurzsichtiger sagt von einem anderen: Er sieht beinahe nichts; ein Schwindsüchtiger hegt Zweifel über die pulmonale Unversehrtheit des Allergesündesten; wer sich nicht wäscht, spricht nur von den Bädern, die die anderen nicht nehmen; ein mit schlechtem Geruch Behafteter findet, daß man nicht gut riecht; ein betrogener Ehemann sieht überall betrogene Ehemänner, eine leichtlebige

Frau stets nur leichtlebige Frauen und ein Snob nur Snobs. Dazu kommt noch, daß jedes Laster ebenso wie jeder Beruf seine Spezialkenntnisse erfordert und ausbildet, die man gern zur Schau trägt. Der Invertierte macht andere Invertierte ausfindig, der in die Gesellschaft eingeführte Maßschneider hat, noch ehe man ein Wort mit ihm geredet hat, den Stoff des Anzugs abgeschätzt, den man trägt, und die Finger zucken ihm vor Verlangen, die Qualität zu befühlen; und wenn wir nach einem Gespräch von ein paar Minuten einen Odontologen nach seiner wahren Meinung über uns befragen würden, gäbe er uns die Zahl unserer schlechten Zähne an. Nichts kommt ihm selber wichtiger und uns, die wir die seinen bemerkt haben, lächerlicher vor. Und nicht nur, wenn wir von uns sprechen, halten wir die anderen für blind, sondern wir handeln auch, als ob sie es wirklich wären. Jeder von uns hat seinen speziellen Gott, der ihm seinen Fehler verbirgt, ebenso wie er Augen und Nase der Leute, die sich nicht waschen, vor den unsauberen Rändern, die ihre Ohren tragen, oder dem Schweißgeruch aus ihren Achselhöhlen verschließt und ihnen einredet, sie könnten diese Mängel sorglos in der Welt, die nichts bemerken werde, spazierenführen.

Im Schatten junger Mädchenblüte, S. 456 f.

Wer falsche Perlen trägt oder solche verschenkt, meint, man werde sie für echte halten.

Im Schatten junger Mädchenblüte, S. 457

Die Weigerung Albertines, mir zu schwören, sie hätte kein Vergnügen daran gefunden, bei dieser Matinee Mademoiselle Vinteuil wiederzusehen, hatte in jenem Augenblick meine Qualen vermehrt, meinen Argwohn bestärkt, bewies mir rückblickend aber vielmehr, daß sie Wert darauf gelegt hatte, aufrichtig zu mir zu sein, sogar in bezug auf eine so völlig harmlose Sache oder vielleicht gerade deshalb, weil sie so harmlos war. Bestehen blieb trotzdem, was Andrée mir über ihre Beziehungen zu Albertine gesagt hatte. Vielleicht konnte ich gleichwohl vermuten – selbst wenn ich nicht soweit ging zu glauben, daß Andrée es von Grund auf erfand, damit ich nicht glücklich sein oder mich ihr nicht überlegen fühlen konnte –, daß sie das, was sie mit Albertine tat, ein wenig übertrieben hatte und daß Albertine mit einem gewissen geistigen Vorbehalt etwas verkleinerte, was sie mit Andrée getrieben hatte, wobei sie sich in jesuitischer Weise Definitionen zunutze machte, die ich höchst unbedacht selbst zu diesem Thema formuliert hatte, und daraufhin fand, ihre Beziehungen zu Andrée gehörten nicht unbedingt zu dem, was sie mir eingestehen müsse, und sie könne sie leugnen, ohne zu lügen. Doch weshalb sollte ich annehmen, daß eher sie als Andrée log? Die Wahrheit und das Leben sind beide schwer zu bewältigen, und ich behielt von ihnen, ohne daß ich sie wirklich kennengelernt hätte, einen Eindruck zurück, bei dem vielleicht die Erschöpfung die Trauer noch überwog.

Die Flüchtige, S. 308 f.

Krankheit und Tod

Die Krankheit ist derjenige unter allen Ärzten, auf den man am ehesten hört: Der Güte, dem Wissen gibt man Versprechungen; man gehorcht dem Leiden.

Sodom und Gomorrha, S. 215

Einen Körper zu haben aber ist die große Bedrohung für den Geist.

Die wiedergefundene Zeit, S. 509

Das Glück ist einzig heilsam für den Körper; die Kräfte des Geistes jedoch bringt der Kummer zur Entfaltung.

Die wiedergefundene Zeit, S. 316

Die Kunst ist nicht das einzige, was die unbedeutendsten Dinge mit Zauber und Geheimnis zu umhüllen vermag; die gleiche Macht, sie in tiefinnerliche Beziehung zu uns zu setzen, ist auch dem Schmerz gegeben.

Die Flüchtige, S. 117

»Sind Sie in guten Händen?« fragte mich Bergotte. »Wer kümmert sich denn um Ihre Gesundheit?« Ich sagte ihm, daß ich Cottard konsultiert habe und sicher auch weiterhin konsultieren würde. »Aber das ist nicht das Richtige für

Sie!« sagte er. »Ich kenne ihn nicht als Arzt, aber ich habe ihn bei Madame Swann getroffen. Cottard ist ein Esel. Selbst wenn man annimmt, das hindere ihn nicht, ein guter Arzt zu sein – was ich mir schlecht vorstellen kann –, so hindert es ihn doch bestimmt, ein guter Arzt für Künstler, für intelligente Menschen zu sein. Leute wie Sie brauchen geeignete Ärzte, ich möchte beinahe sagen, auch ganz spezielle Behandlungsweisen und Medikamente. Cottard langweilt Sie sicher, und schon die Langeweile macht seine Behandlung ganz bestimmt unwirksam. Sie dürfte eben für Sie nicht die gleiche wie für jeden Beliebigen sein. Dreiviertel der Leiden, die intelligente Menschen befallen, kommen von ihrer Intelligenz. Sie brauchen dann mindestens einen Arzt, der dieses Übel kennt. Wie soll Cottard Sie behandeln können? Er kann wohl voraussehen, daß man bestimmte Saucen nicht verträgt, die Schwierigkeiten mit dem Magen... aber die Wirkung einer Shakespeare-Lektüre, die kann er nicht voraussehen.

Im Schatten junger Mädchenblüte, S. 207

Immer wird man Kerzen weihen und Ärzte konsultieren.

Guermantes, S. 568

Man kann von einem Leiden nicht genesen, wenn man es nicht in ganzer Stärke durchlebt.

Die Flüchtige, S. 179

Im Zustand der Krankheit merken wir, daß wir nicht allein existieren, sondern an ein Wesen aus einem ganz anderen Reich gefesselt sind, von dem uns Abgründe trennen, das uns nicht kennt und dem wir uns unmöglich verständlich machen können: unseren Körper. Einen beliebigen Straßenräuber, dem wir auf einer Landstraße begegnen, können wir vielleicht für etwas, was sein eigenes Interesse berührt, wenn nicht für unser Unglück, empfänglich stimmen. Aber Mitleid von unserem Körper zu verlangen ist, als wollten wir mit einem Kranken ein Gespräch eröffnen, für den unsere Worte nicht mehr Sinn hätten als das Geräusch des Wassers und mit dem zu stetem Zusammenleben verurteilt zu sein uns mit Grauen erfüllen würde.

Guermantes, S. 417 f.

Denn da die Medizin ein Kompendium aufeinanderfolgender und einander widersprechender Irrtümer der Ärzte ist, hat man, wenn man die vorzüglichsten unter ihnen an sein Krankenbett ruft, beste Aussicht, eine Wahrheit um Hilfe anzugehen, die wenige Jahre darauf als falsch erkannt sein wird. An die Medizin zu glauben wäre also der größte Wahnwitz, wofern es nicht ein noch größerer wäre, nicht an sie zu glauben, denn aus dieser Häufung von Irrtümern sind auf lange Sicht ein paar Wahrheiten hervorgegangen.

Guermantes, S. 418

Er tat sich viel darauf zugute, die Manie der übrigen nicht zu teilen, ohne daran zu denken, daß auch er die seine hatte und diese ihn vor einer anderen bewahrte. Fühlen Sie sich bitte durch diesen Vergleich nicht verletzt, Madame, zumal dieser Mann, der aus Furcht vor Erkältung den Hals nicht zu bewegen wagte, der größte Dichter unserer Tage ist. Dieser arme Besessene ist die höchste mir bekannte Intelligenz. Nehmen Sie ruhig auf sich, als nervös bezeichnet zu werden. Sie gehören der großartigen und beklagenswerten Familie an, die das Salz der Erde ist. Alles, was wir an Großem kennen, ist von Nervösen geschaffen. Sie und keine anderen haben Religionen begründet und Meisterwerke hervorgebracht. Niemals wird die Welt genügend wissen, was sie ihnen verdankt, noch vor allem, was sie gelitten haben, um es ihr zu schenken. Wir genießen kunstvolle Musik, schöne Bilder, tausend erlesene Köstlichkeiten, doch wissen wir nicht, was sie ihre Schöpfer an Schlaflosigkeit, an Tränen, an krampfhaftem Lachen, an Nesselfieber, Asthma, Epilepsie gekostet haben, oder an Todesangst, die schlimmer als alles ist und die Sie vielleicht kennen, Madame.

Guermantes, S. 427f.

Der Vollständigkeit halber sollte man noch den mit zunehmendem Alter wachsenden Wunsch nach einem jugendlichen Auftreten und sogar die Ungeduld jener immer gelangweilten, immer blasierten Männer berücksichtigen, die zu gescheit sind für das verhältnismäßig müßige Leben, in dem sie ihre Fähigkeiten nicht entfalten können. Zweifellos kann sich der Müßiggang solcher Naturen gerade in einer gewissen Lässigkeit ausdrücken. Besonders aber seitdem Leibesübungen aller Art in Gunst stehen, hat der Müßiggang sportliche Formen angenommen, selbst außerhalb der dem Sport gewidmeten Stunden, eine Form, die sich nicht mehr in Lässigkeit, sondern in einer fieberhaften Lebhaftigkeit zeigt, die der Langeweile weder Zeit noch Raum zur Entwicklung zu lassen wähnt.

Die wiedergefundene Zeit, S. 9

»Diese Freuden selbst aber sind eine mächtige Arznei, die mächtigste von allen vielleicht, die es gibt. Nein, ich habe nichts gegen Ihre nervöse Erregbarkeit; ich verlange bloß von ihr, daß sie auf mich hört; ich vertraue Sie ihr an. Sie selbst soll jetzt rückläufig tätig werden. Die Kraft, die sie darauf verwendet hat, Sie am Spazierengehen und an genügender Nahrungsaufnahme zu hindern, soll sie jetzt nutzbar machen, Sie zum Essen, zum Lesen, zum Ausgehen, zu jeder Art von Zerstreuung zu bewegen. Sagen Sie mir nicht, Sie seien zu müde dazu. Müdigkeit ist die organische Verwirklichung einer vorgefaßten Idee. Fangen Sie damit an, diese Idee nicht mehr in sich zu hegen. Und wenn Sie jemals eine kleine Unpäßlichkeit haben, was jedem von uns zustoßen kann, so wird es sein, als hätten Sie sie nicht, denn sie wird inzwischen aus Ihnen das gemacht haben, was Talleyrand mit einem tiefsinnigen Wort als einen ›eingebildeten Gesunden‹ bezeichnet hat. Sehen Sie, die Heilung hat schon eingesetzt. Sie haben mich in ganz gerader Haltung aufrecht sitzend angehört, sich nicht einmal angelehnt, Ihr Blick ist klar, Ihr Aussehen gut, und das eine halbe Stunde lang schon, Sie haben es gar nicht gemerkt, Madame, ich habe die Ehre!«

Als ich Doktor du Boulbon hinausbegleitet hatte und nun in das Zimmer zurückkehrte, in dem meine Mutter sich allein befand, war der Kummer, der mich seit Wochen bedrückte, verflogen.

Guermantes, S. 429 f.

Es gibt Leiden, von denen man die Menschen nicht heilen soll, weil sie der einzige Schutz gegen weit ernstere sind.

Guermantes, S. 407

So machte denn der Zuwachs an Freude beim Anblick von Frauen, die ich mir unmöglich a priori hätte vorstellen können, die Straße, die Stadt, die Welt für mich begehrenswerter und würdiger, ausgekundschaftet zu werden, und verstärkte dadurch mein Verlangen, gesund zu werden, das Haus zu verlassen und frei – ohne Albertine – zu sein. Wie oft litt ich, wenn die unbekannte Frau, von der ich dann träumen würde, sei es zu Fuß, sei es im rasch fahrenden Automobil unser Haus passierte, darunter, daß mein Körper meinem Blick, der sie einzuholen vermochte, nicht folgen und aus meiner Fensteröffnung wie aus einer Arkebuse herabgeschleudert, das Entfliehen eines Antlitzes aufhalten konnte, in dem mich das Angebot eines Glücks erwartete, das ich, eingeschlossen, wie ich war, niemals kosten würde!

Die Gefangene, S. 34

Wenn eine Krankheit, ein Duell, ein durchgehendes Pferd bewirken, daß wir dem Tod ins Auge sehen, so meinen wir, wir hätten sonst noch das Leben, die Lust oder unbekannte Länder in Hülle und Fülle genießen können, all die Dinge, deren wir uns nun beraubt sehen. Ist aber die Gefahr vorbei, so finden wir nichts anderes wieder als das gleiche trübselige Leben, in dem von alledem für uns nichts existierte.

Die Flüchtige, S. 102

»Ich weiß gar nicht, warum er nicht spielt; man macht jetzt keine Musik mehr unter dem Vorwand, daß Krieg sei, aber man tanzt, man speist in Restaurants, und die Frauen erfinden ›Ambrine‹ für ihre Haut. Feste füllen die Tage aus, die vielleicht, wenn die Deutschen noch weiter vorrücken, die letzten unseres Pompeji gewesen sein werden. Und gerade dadurch wird es von der Frivolität erlöst werden.«

Die wiedergefundene Zeit, S. 168

Wir sagen wohl, die Stunde des Todes sei ungewiß, doch wenn wir das sagen, stellen wir uns diese Stunde in weiter, vager Ferne vor, wir denken nicht daran, daß sie irgendeine Beziehung zu dem bereits begonnenen Tag haben und daß der Tod – oder sein erster partieller Zugriff, nach dem er uns nicht mehr loslassen wird – noch am gleichen Nachmittag erfolgen könnte, der uns so gar nicht ungewiß scheint, an diesem Nachmittag, für den der Gebrauch der Stunden bereits im voraus festgelegt ist.

Guermantes, S. 441

Überhaupt, haben wir nicht schon seit einem Jahr wenigstens Teilansichten jenes Pompeji vor Augen, wenn wir Abend für Abend mit ansehen, wie die Leute in die Keller stürzen, nicht um mit einer alten Flasche Mouton-Rothschild oder Saint-Émilion heraufzukommen, sondern um sich selbst und das, was sie an kostbarer Habe ihr eigen nennen, dort unten zu verbergen, den Priestern von Herkulaneum gleich, die vom Tod in dem Augenblick überrascht wurden, als sie die heiligen Tempelgefäße in Sicherheit bringen wollten? Immer führt die Anhänglichkeit an das Objekt den Untergang des Besitzers herbei.

Die wiedergefundene Zeit, S. 169

Die Krankheit aber, die sie selbst gehabt hatte, bewirkte nicht, daß sie die Krankheit eines anderen um so besser verstand, sondern vielmehr, daß sie sie mit desto größerer Ungeduld, ja einer Art von nervöser Gereiztheit ertrug, unter die sich möglicherweise trotz allem viel Mitgefühl mischte.

Die wiedergefundene Zeit, S. 252

Jetzt aber begriff ich, was das Alter war – das Alter, das von allen Wirklichkeiten vielleicht diejenige ist, von der wir im Leben am längsten eine rein abstrakte Vorstellung behalten.

Die wiedergefundene Zeit, S. 354

Gerade die Zeit ist das, was wir am schwersten gewähren, denn unser Leiden setzt uns grausam zu, wir möchten es schleunigst beenden.

Im Schatten junger Mädchenblüte, S. 290

Ein Name ist häufig alles, was für uns von einem Menschen bestehen bleibt, nicht nur, wenn er tot ist, sondern schon zu seinen Lebzeiten.

Die wiedergefundene Zeit, S. 406

Nicht weil die anderen tot sind, läßt unsere Zuneigung zu ihnen nach, sondern weil wir selbst sterben.

Die Flüchtige, S. 268

Die Furcht, nicht mehr ich zu sein, hatte früher Grauen in mir geweckt, und zwar bei jeder neuen Liebe, die ich erlebte (der zu Gilberte, der zu Albertine), weil ich die Vorstellung nicht ertragen konnte, daß eines Tage derjenige, der sie liebte, nicht mehr existieren würde, was einer Art von Tod gleichkam. Dadurch aber, daß diese Furcht immer wieder von neuem auftauchte, hatte sie sich ganz naturgemäß zu vertrauender Ruhe gewandelt.

Es brauchte aber nicht einmal den Gehirnschlag. Seine Symptome, spürbar an einer gewissen Leere im Kopf und einem Vergessen aller Dinge, die ich nur mehr durch Zufall wiederfand, wie wenn man beim Aufräumen seiner Sachen solche findet, die man vergessen hatte, ja sogar hätte suchen sollen, machten mich sozusagen zu einem Thesaurierer, dessen aufgebrochener Panzerschrank nach und nach die Reichtümer preisgegeben hätte. Eine Zeitlang gab es in mir ein Ich, das den Verlust dieser Reichtümer beklagte, bald aber spürte ich, wie mein Gedächtnis bei seinem Rückzug auch dieses Ich mit sich nahm.

Während die Idee des Todes mir zu jener Zeit, wie man gesehen hat, die Liebe verdüsterte, half mir doch seit langem schon die Erinnerung an die Liebe dazu, den Tod nicht mehr zu fürchten. Ich gelangte zu der Einsicht, daß Sterben nicht etwas Neues ist, sondern daß ich im Gegenteil von meiner Kindheit an schon viele Male gestorben war.

Die wiedergefundene Zeit, S. 512

Da man aber einsieht, daß Leiden das Beste ist, was man im Leben finden kann, denkt man ohne Grauen – wie an eine Befreiung fast – an den Tod.

Die wiedergefundene Zeit, S. 321

Unsere Liebe zum Leben ist nur eine alte Liaison, von der wir nicht loskommen können. Ihre Kraft beruht auf ihrer Beständigkeit. Doch der Tod, der sie zerstört, wird uns von dem Verlangen nach Unsterblichkeit heilen.

Die Flüchtige, S. 341

Tage des Lesens – Proust für Gestreßte

»Wir alle müssen, um die Wirklichkeit für uns erträglicher zu machen, ein paar kleine Torheiten in uns nähren.«

Auf die von der Zeitung *L'Intransigeant* gestellte Frage, was er zu tun gedenke, wenn in allernächster Zeit die Welt untergehe, antwortet Marcel Proust im Sommer 1922, wir sollten nicht der Katastrophe bedürfen, um das Leben zu lieben. »Dazu würde der Gedanke genügen, daß wir Menschen sind und diesen Abend der Tod kommen kann.« Das war ganz im Sinn des antiken *carpe diem*. Wenige Monate später ist der 1871 Geborene tot.

Proust selbst scheint dieser Maxime schon früh verpflichtet gewesen zu sein; vielleicht weil er, seit seiner Kindheit chronisch erkrankt, die kurze Lebensspanne voraussah, die ihm zur Schaffung seines großen Romans *Auf der Suche nach der verlorenen Zeit* bleiben sollte.

Prousts Eltern gehörten zur Pariser Großbourgeoisie – diese Herkunft hätte dem verwöhnten und sensiblen Arztsohn eigentlich ein sorgenfreies Dasein verschaffen können. Und doch stand sein Leben unter dem Zeichen dreier großer »Streßfaktoren«: der Krankheit, der Liebe und der Genese seines literarischen Werks.

Wirklich geliebt wurde Proust nur von seiner Mutter; und das fortschreitende Asthma mit all seinen gravierenden Begleiterscheinungen behinderte – trotz der Hingabe, mit der er sich dem Aufbau seiner »Kathedrale« widmete –

das Schreiben. Er arbeitete in einem mit Korkplatten getäfelten, lärmabschirmenden Raum. In seiner umfangreichen Korrespondenz entdecken wir trotzdem zahlreiche Klagen über tägliche Beeinträchtigungen und Störungen, die ebenso Erwähnung finden wie gesellschaftliche Ereignisse oder Überlegungen zur Entwicklung seines Werkes. Längst hat die Proust-Forschung gezeigt, daß alle seine Briefe und Notizen, seine frühen Schriften und Traktate Themen und Gedanken anklingen lassen, die ihre Ausformung schließlich in der *Recherche* erfahren sollten: Alles auf der Welt schien für Proust nur zu existieren, um in sein Buch zu münden.

Schon Ernst Robert Curtius mutmaßte, daß Prousts Roman allein deshalb geschrieben worden sei, um die tiefe Unzulänglichkeit der Liebe zu enthüllen; und Adorno, der einmal beiläufig bemerkte, jeder Satz von Proust werde durch die Ausnahmesituation der Lebensumstände des Schreibenden diktiert, stellt fest: »Auf die Frage nach der Möglichkeit des Glücks antwortet er mit der Darstellung der Unmöglichkeit der Liebe.« Ist von diesem »Märtyrer des Glücks« überhaupt Trost für Gestreßte zu erwarten? Die Lektüre Prousts beantwortet diese Frage wie von selbst.

Proust-Leser brauchen vor allem eines: Zeit. Viele Menschen haben deshalb Proust erst in Situationen kennengelernt, die mit – freiwilliger oder erzwungener – Ruhe einhergingen, sei es in einem längeren Urlaub oder in schwierigen Situationen wie Krankheit oder Rekonvaleszenz. Die Abschottung von Hektik und Streß des Alltags ist zum Eintauchen in das Werk Prousts unerläßlich. Bereits diese Abkehr vom Alltag kann dann als heilsam erfahren werden. Prousts Werk strahlt sprachlich wie erzählerisch Ruhe und Weisheit aus. Zunehmend gelassen treibt der Leser auf dem »Nil der Sprache«, wie Walter Benjamin die Proustsche Prosa nannte, dahin; den Nutzen aus Lebens- und Liebesphilosophien zieht er dabei ganz nebenbei. Weniger das Inhaltliche als vielmehr der Akt des Lesens selbst – in dem, wie der Autor es immer wieder betont hat, jeder Leser ein Leser seiner selbst ist – trägt die Heilkraft, liefert das *remedium*. Die Proust-Lektüre wird zu einer Art Bibliotherapie. *Sur la Lecture*, Prousts früher Essay über die »Tage des Lesens«, ist Ausdruck des Abgeschiedenseins, der Versenkung in ein Buch, der Kontemplation des modernen Menschen schlechthin.

Diese kleine Anthologie kann also nicht die Lektüre des Werkes ersetzen. Gleichwohl enthält das Werk Prousts, vor allem die *Recherche*, auf die sich der Herausgeber bei seiner Auswahl bewußt beschränkt hat, viele Textstellen, die aus ihrem Zusammenhang gelöst werden können. Neben prägnant formulierten Sentenzen und elegant geschriebenen Aphorismen wird man oft auch die Entwicklung eines Gedankens in einer längeren Passage finden, deren Aufbau zumeist einem bestimmten Muster folgt: die einfühlsame Beschreibung bestimmter Lebensumstände oder Handlungen des Ich-Erzählers Marcel oder anderer Protagonisten des Romans wird mit einer allgemeingültigen *conclusio* geschlossen, die Erkenntnis und Resignation vereint. Der Leser ist verführt, sich mit dem Geschilderten zu identifizieren. Er erlebt das vermeintliche Glück der Liebe und die Hölle der Eifersucht, die Qualen der Schlaflosigkeit, die

Tragik des Lasters, die Mühen des Alterns – kurz, alle möglichen streßreichen Situationen. Er erfährt Beruhigung in dem Moment, da Proust mit einem sich oft wiederholenden »doch« zur tröstenden Verallgemeinerung ansetzt, die uns, die zuvor sich noch gestreßt und leidend Fühlenden, allein durch Teilhabe an der *conditio humana* zu still ertragenden, zuweilen glücklichen Wesen macht. Das sind die eigentlichen Glücksmomente der Proust-Leser.

Jacques Rivière, einer der ersten Leser und Lektoren der *Recherche*, erkannte schon früh das wirklich Neue, das Avantgardistische dieser Prosa und wies darauf hin, daß ihr Autor schöpferisch weniger durch Narration oder Imagination als vielmehr durch Analyse sei. Dem Leser wird eine tiefere psychologische Realität erschlossen, über deren Erkenntnis sich im Spiegelbild der Erfahrung eigenen Leids ein entspanntes Lächeln zeigt. Die Zeichen der Welt sind trügerisch, ihre Interpretation durch den Dichter aber ist wahr. Die *Recherche* ist nicht nur eine Suche nach der verlorenen Zeit, sondern auch eine nach uns zumeist verborgen gebliebenen Wahrheiten.

Wir können zuweilen nur ahnen, wieviel uns vom wirklichen Ich des Schriftstellers mitgeteilt wird; unüberhörbar aber ist zuweilen eine Melancholie, die uns aus seinen Briefen bekannt ist. »Die Wahrheit und das Leben sind beide schwer zu bewältigen, und ich behielt von ihnen, ohne daß ich sie wirklich kennengelernt hätte, einen Eindruck zurück, bei dem vielleicht die Erschöpfung die Trauer noch überwog.« (*Die Flüchtige*, S. 309)

Da uns vielleicht im Leben die Liebe und die Eifersucht den größten Streß bereiten, wird die *Recherche*, die ja auch ein großer Liebesroman ist, zu einer nie versiegenden tröstlichen Quelle für unsere Sorgen und Qualen. Erwarten wir aber nicht imperativ gegebene Ratschläge! Proust schreibt keine aporetisch deutbaren Sentenzen wie Petrarca nieder, über die es mit Blick auf Fortuna nachzugrübeln gilt, um sich mit ihrer Hilfe der nächsten Widrigkeit des Lebens stellen zu können. In ihrer Methodik allerdings ähneln sich die beiden zuweilen. Petrarcas *Trostspiegel in Glück und Unglück* bedient sich wie Prousts *Recherche* einer Kasuistik, d. h. der Abhandlung eines Falls, der exemplarisch sein soll. Die Beispielhaftigkeit wird freilich bei Proust viel subtiler entwickelt, und ihre *conclusio* ist kryptischer angelegt. Die erzählte Episode oder der philosophisch geführte Diskurs werden oft mit einer lakonischen Bemerkung beendet, die eine allgemeingültige Wahrheit formuliert.

Für den Leser mag bei den ausgewählten Zitaten nicht überall sogleich erkennbar sein, inwieweit es sich einerseits um Beschreibung von Streßsituationen und andererseits um Ratschläge zu deren Bewältigung handelt: oft ist paradoxerweise nur ein Glückszustand geschildert. Nicht von ungefähr erinnert uns Proust ja immer wieder daran, daß die wahren Paradiese die verlorenen Paradiese sind. Einzig das durch das Lesen und durch die unwillkürliche Erinnerung ausgelöste Nacherleben garantiert das Glück. Durch die Kenntnis bestimmter Erlebnisse und Situationen stellt sich beim Leser Gelassenheit ein; nicht ohne den Hintergedanken, daß – wenn es allen in dieser oder jener Situation so geht – die Sache halb so schlimm sei, in jedem Fall vergänglich.

Wer immer in den Momenten einer Streßsituation nach

diesem kleinen Buch greift, wird sich schon nach wenigen Augenblicken der Lektüre entspannen. Doch sollte Proust natürlich auch zumindest einmal ganz gelesen werden. Der Leser, der sich als Sklave seines Zeitmangels empfindet, sollte dem berühmt gewordenen Diktum von Anatole France, das Leben sei viel zu kurz und Proust viel zu lang, zu seinem eigenen Wohle trotzen. Denn wer versteht die verlorene Zeit, wenn er nicht auch die wiedergefundene verinnerlicht hat?

Reiner Speck

Lektüre für Gestreßte im insel taschenbuch

Buddha für Gestreßte. Ausgewählt von Ursula Gräfe. it 2594. 144 Seiten

Goethe für Gestreßte. Ausgewählt von Walter Hinck. it 1900. 144 Seiten

Hesse für Gestreßte. Ausgewählt von Volker Michels. it 2538. 200 Seiten

Karl Kraus für Gestreßte. Ausgewählt von Christian Wagenknecht. it 2190. 144 Seiten

Kierkegaard für Gestreßte. Ausgewählt von Johan de Mylius. it 2661. 128 Seiten

Nietzsche für Gestreßte. Ausgewählt von Ursula Michels-Wenz. it 1928. 112 Seiten

Novalis für Gestreßte. Ausgewählt von Ursula Michels-Wenz. it 2704. 160 Seiten

Platon für Gestreßte. Ausgewählt von Michael Schroeder. it 2189. 112 Seiten

Rilke für Gestreßte. Ausgewählt von Vera Hauschild. it 2191. 112 Seiten

Schopenhauer für Gestreßte. Ausgewählt von Ursula Michels-Wenz. it 2504. 125 Seiten

Seneca für Gestreßte. Ausgewählt von Gerhard Fink. it 1940. 112 Seiten

NF 8/1/2.00